흥부전, 장끼전, 토끼전

한국문학산책 41 고전 소설·산문

흥부전, 장끼전, 토끼전

지은이 작가 미상
엮은이 송창현
펴낸이 안용백
펴낸곳 (주)넥서스

초판 1쇄 인쇄 2013년 6월 5일
초판 1쇄 발행 2013년 6월 10일

출판신고 1992년 4월 3일 제311-2002-2호
121-840 서울시 마포구 서교동 394-2
Tel (02)330-5500 Fax (02)330-5555

ISBN 978-89-6790-075-5 04810

www.nexusbook.com
지식의 숲은 (주)넥서스의 인문교양 브랜드입니다.

한국문학산책 41
고전소설·산문

작자 미상

흥부전, 장끼전, 토끼전

송창현 엮음·해설

지식의숲

차 례

흥부전

우리나라가 군자의 나라요, 예의의 땅이라. 작은 열읍에도 충신이 있고, 일곱 살 어린이도 효제를 일삼으니, 무슨 불량한 사람이 있을까마는, 요임금 때에도 도척이란 큰 도둑이 있었으며, 순임금 세상에도 네 사람의 악인이 있었으니, 아마도 한 가지 나쁜 기운은 어찌할 수가 있겠는가.

충청, 전라, 경상 삼도 어름에 사는 박가 두 사람이 있었으니, 놀부는 형이요, 흥부는 아우인데 같은 부모 소생이지만 성정이 아주 달라 서로 떨어져 관계가 멀었다.

사람마다 오장육부였지만 놀부는 오장칠부인 것이 심술보 하나가 왼편 갈비 밑에 병부 주머니를 찬 듯하여 밖에서 보아도 알기 쉽게 달려 있어, 심사가 말할 것 없고, 일망무제로 나오는데 똑 이렇게 나오는 것이었다.

　본명방에 벌목을 하고, 잠사각에 집짓기며, 오귀방에 이사를 권하고, 삼재든 데 혼인하며, 동내 주산 팔아먹고, 남의 선산에 묘지 쓰기, 길 가는 과객 양반 재울 듯이 붙들어다 해가 지면 내쫓고, 일 년 품팔이 외상 사경에 농사지어 추수하면 옷을 벗겨 내쫓고, 초상난 데서 노래하고, 역신 든 데서 개를 잡고, 남의 노적에 불 지르고, 가뭄 농사 물꼬 빼기, 불붙는 데 부채질하기, 야장할 제 왜장 치기, 혼인발에 바람 넣고, 시앗 싸움에 덩달아 싸우기, 길 가운데 허방 놓고, 외상 술값에 억지 쓰기, 전동다리에 딴죽 치고, 소경 의복에 똥칠하기, 배 앓는 사람에게 살구 주고, 잠든 사람 뜸질하기, 내달리는 사람에게 발 내치고, 곱사등이 잦혀 놓기, 열리는 호박 넝쿨을 끊고, 패는 곡식은 모가지 뽑기, 술 먹으면 주정 부리고 욕설 퍼부으며, 장터에서 억지로 물건 팔기, 좋은 망건은 편자 끊고, 새 갓 보면 땀대 떼기, 가난한 양반 보면 관을 찢고, 걸인 보면 자루 찢기, 상인 잡고 춤추기와 여승 보면 겁탈하기, 새 초분에 불 지르고, 소대상의제청 치우기, 애 밴 여자의 배통 차고, 우는 아이에게 똥 먹이기, 먼 길손의 노비 도적, 급주군(急走軍) 잡고 실랑이질, 관차사의 전령 도적, 진영 장병의 막대 뺏기, 지관 보면 패철 뺏고, 의원 보면 침 도적질, 물동이 인 여자에게 입 맞추고, 상여꾼에게 형문 치기, 만만한 놈 뺨치기와 고단한 놈 험담하기, 채소밭에 물똥 싸고, 수박밭에 외손질과 소목장인 대패 뺏고, 초라니패 탈짐 도적, 옹기짐에 작대기 차고, 장독간에 돌 던지기, 소매치기 벌금 돈과 잔도적의 끝돈 먹기와 다담상에 흙덩이질, 이장할 때 뼈 감추기, 어린아이 불알을 발라 말총으로 호아 매고, 약한 노인 엎어뜨리고 마른 항문 비역하기, 제주 병에 개똥 넣고, 사주 병에 비상 넣기, 곡식밭에 우마 몰고, 부형벌 사람과 벗질하기, 귀먹은 이 욕하기와 소리할 때 잔말하기, 날이 새면 행악질, 밤이 들면 도적질을 평생에 일삼으니, 제 어미 붙을 놈이 삼강을 아나, 오륜을 아나. 굳기가 돌덩이요, 욕심이 족제비라.

네 모난 소롯으로 이마를 비비어도 진물 한 점 날 리 없고, 대장장이 불집게로 불알을 꽉 집어도 눈도 아니 깜짝이는 사람이었다.

흥부의 마음씨는 저의 형과 아주 달라, 부모에게 효도하고, 어른에게 존경하며, 이웃 간에 화목하고, 친구에게 믿음이 있어, 굶어서 죽을 사람 먹던 밥을 덜어 주고, 얼어서 병든 사람 입었던 옷 벗어 주기, 노인이 짊어진 짐 자청하여 져다 주고, 장마때 큰 물가에 삯 안 받고 건네 주기, 남의 집에 불이 나면 세간살이 지켜 주고, 길에 보물이 빠졌으면 지켜 섰다 임자 주기, 청산에서 백골을 보면 깊이 파고 묻어 주며, 수절 과부 보쌈하면 쫓아가서 빼어 놓기, 어진 사람 모함하면 대신 나서서 변명하고, 불쌍한 사람의 횡액을 보면 달려들어 구원하기, 길 잃은 어린아이는 저의 부모 찾아 주고, 주막에 병든 사람 본집에 기별 전하기, 막 깨어난 벌레를 죽이지 않고 자라는 초목을 꺾지 않으며, 남의 일만 하느라고 한 푼 돈도 벌지 못하니 놀부가 오죽 미워하겠는가.

하루는 놀부가 흥부를 불러서 이렇게 말했다.

"사람이라 하는 것이 믿는 것이 있으면 아무 일도 안 되는 법이다. 너도 나이 장성하여 계집자식 있는 놈이 사람 생애 어려운 줄을 조금도 모르고서, 나 하나만 바라보고 놀고먹고 놀고입는 모양 보기 싫어 못살겠다. 부모의 세간살이가 아무리 많아도 장손의 차지될 것인데, 하물며 세간은 나 혼자 장만하였으니, 네게는 돌아갈 것이 없다. 네 처자를 데리고서 어서 멀리 떠나거라. 만일 지체하였다가는 살육지환이 날 것이니, 어서 급히나가거라."

가련한 신세인 흥부가 형님에게 빌었다.

"제발 빕니다. 형님 전에 빕니다. 형제는 일신이라, 한 조각을 베어 내면 둘 다 병신 될 것이니, 그 수모를 어찌하리. 동생 신세는 고사하고, 젊은 아내와 어린 자식을 뉘 집에 가서 의탁하며,

무엇을 먹여 살리겠어요. 당나라 장공예는 아홉 세대가 함께 살았다 하는데, 아우 하나 있는 것을 나가라 하십니까. 할미새는 짐승이지만 벗 사이의 정이 두텁고, 상체는 한갓 꽃이지만 즐겁게 사귀는 깊은 정을 품었으니 형님 어찌 모르십니까. 오륜의 뜻을 생각하여 십분 통촉하십시오."

놀부가 분이 나서 그런 야단이 없었다.

"아버님 계실 적에 나는 생일만 시키고서 작은 아들 사랑스럽다고 글공부 시키더니, 너 매우 유식하구나. 당 태종은 성주였지만 천하를 다투어서 그 동생을 죽였으며, 조비는 영웅이나 재주를 시기하여 그 아우를 죽였으니, 나 같은 초야 농부가 우애 지정을 알겠느냐."

이렇게 구박을 받으며 문밖으로 쫓아내니, 흥부 신세 가련하다. 입도 뻥끗 못 하고서 빈손으로 쫓겨나니 광대한 이 천지에 집 없는 손이 되었구나. 불쌍한 흥부댁이 부잣집 며느리로 먼 길 걸어 보았겠나. 어린 자식 업고 안고 울며불며 따라갈 때, 아무리 시장하나 밥 줄 사람 어디 있으며, 밤이 점점 깊어 간들 잠잘 집이 어디 있나. 저물도록 빡빡 굶고 풀밭에서 자고 나니 죽을 밖에 수가 없어 염치가 차차 없어져 갔다.

이곳저곳 빌어먹어 한두 달 지나가니 발바닥이 딴딴하여 부르트는 일이 아예 없고, 낯가죽이 두터워서 부끄러움이 하나도 없어졌다.

일 년 이 년 넘어가니 빌어먹는 수가 터져서 흥부는 읍내 나가면 객사에나 사정에나 자리를 떡 버티고, 외촌을 갈 양이면 물방아집이든지 당산 정자 밑에든지 사처를 정하고서, 어린 것을 옆에 놓고 긴 담뱃대 붙여 물고 솥을 닦아 내는 솔솔을 매든지, 또아리를 곁든지, 냇가 방축 가까우면 낚시질 앉아 할 때, 흥부의 마누라는 어린아이 등에 붙여 새끼로 꽉 동이고, 바가지에 밥을 빌고 호박잎에 건건이를 얻어 허위허위 찾아오면, 염치없는 흥부의 소견에 가장 티 내느라고 가속이 더디 왔다, 짚었던 지팡이로 매질도 하여 보고, 입에 맞는 반찬 없다고 앉았던 물방아집 불도 놓아 보려 하고, 별꼴을 매양 부렸다.

하루는 이 식구가 양다리 쭉 늘어앉아 헌 옷의 이를 잡으며, 흥부가 하는 말이,

"우리 신세가 이렇게 되어 이왕 빌어먹을 테면 전곡이 많은 데로 가 볼 밖에 수가 없으니 포구 도방을 찾아가세."

일 원산, 이 강경, 삼 포주, 사 법성리, 낙안 부원다리, 부안 줄내, 근방을 다 찾아다녀 보니 비린내에 속 뒤집혀 암만해도 살 수 없다.

산중으로 다녀 볼까, 우복동, 수인섬, 청학동, 백학동, 두류산, 속리산, 순창, 복흥, 태인, 산내 한다는 좋은 데를 다 찾아다녀

봐도 소금 없어 살 수가 없다.

고향 근처에 도로 와서 한 곳에 이르니 촌 이름은 복덕이요, 인심이 순후한데, 빈 집 한 칸 서 있어서 잠시 주접 살아 보니, 집 꼴이 말이 아니어서, 집 마루에 이슬 오면 천장에 큰 빗방울, 부엌에 불을 때면 방안은 굴뚝이요, 흙 떨어진 윗대 구멍에 바람은 살 쏘듯 했다.

틀만 남은 헌 문짝에 공석으로 창호하고, 방에 반듯 드러누워 천장을 올려다보면 개천도를 부친 듯이 이십팔 수 세어 보고, 일하고 곤한 잠에 기지개를 불끈 켜면 상투는 허물없이 앞 토방으로 쑥 나가고, 발목은 어느 사이에 뒤원에 가 놓였다.

밥을 하도 자주 안 하니 아궁이의 풀을 뽑으면 한 마지기 못자리는 넉넉히 할 만했다.

그럭저럭 여러 해에 자식은 더럭더럭 풀풀이 생겨나고, 가난은 버석버석 나날이 늘어 가니, 여러 식구 굶어 내기가 초상난 집의 개에 비길 만했다. 흥부의 마누라가 견디다 못 견디어 가난 타령으로 섧게 울었다.

"가난이야 가난이야 만고에 있는 가난. 아무리 헤아려도 내 웃수의 가난은 다시없네. 아주 좁고 찢어지게 가난하여 도정절의 가난하기도 내 집에 비하면 대궐이요, 삼순구식 십년일관이란 정관문의 가난하기도 내게 대면 부자로다. 제나라 오릉중자

가 굶주렸으나 오얏은 얻어먹고, 한나라 소중랑은 굶을 때에 방석 털을 삼켰다 하지만, 오얏을 어찌 보며 방석이 어디 있나. 선산을 잘못 써서 이러한가. 파묘나 하자 해도 종손이 말릴 것이고, 귀신이 저희 하는 점이나 하자고 해도 쌀 한 줌이 없으니 복채를 낼 수가 있나. 애고애고 서러운지고. 기한이 이러하니 불고염치 절로 되네. 여보시오 아기 아버지, 형님 댁에 건너가서 전곡 간에 얻어다가 굶은 자식 살려 냅시다."

홍부가 걱정하여,

"형님 댁에 건너가서 애절히 사정하여 돈이 되나 쌀이 되나 주시면 좋거니와, 어려운 그 성정에 만일 안 주시고, 호령만 하시면 근래 같은 세상인심에 형님 실덕이 될 터이니, 아니 가는 편이 옳으이."

"주시고 안 주시기는 처분에 계시오니 청하다가 못 되면 한이나 없을 테니, 수인사대천명이라고 길을 두고 뫼로 갈까. 되든지 안 되든지 허사 삼아 가 보시오."

홍부가 할 수 없어 형의 집으로 건너갈 때, 의관을 한참 차려, 모자 터진 헌 갓에다 철대를 실로 감아 노갓끈을 달아 쓰고, 편자는 좀이 먹고 앞춤에 구역 중중, 관자 띤 헌 망건을 물렛줄로 얽어 쓰고, 깃만 남은 베 중치막 열두 도막 이은 실띠로 시장찮게 졸라매고, 헐고 헌 고의적삼 살점이 울긋불긋 목만 남은 길

버선에 집대님이 별조였다.

구멍 뚫린 나막신을 두 발에 잘잘 끌고, 꼭 얼어 올 양으로 큼직한 구럭을 평양 가는 어둥이처럼 관뼈 위에 짊어지고 벌벌 떨며 건너갈 때, 저 혼자 혀를 차며 탄식하여,

"아무리 생각해도 되리란 말이 안 나온다. 모진 목숨 죽지 않고 이 고생을 하는구나."

형의 집 문 앞에 당도하니 그새 위세가 더 늘어서 가사가 아주 웅장했다.

삼십여 칸 줄행랑을 일자로 지었는데, 한가운데 솟을 대문이 표연히 날아갈 듯하고, 대문 안에 중문이요, 중문 안에 벽문이 늘어섰다.

건장한 종놈들이 삼삼오오 짝을 지어 쇠털 벙치 청창의를 입고 문마다 수직하다가 그중에 늙은 종이 흥부를 알아보았다.

깜짝 놀라 절을 하며, 손을 잡고 눈물 흘리며,

"서방님 어디 가서 저 모습이 웬일입니까. 수직방에 들어앉아 몸이나 조금 녹이십시다."

하고, 방으로 들어가서 담배를 붙여 주며,

"서방님이 저리 될 때에야 아씨야 오죽하며, 그새에 아기네는 몇 분이나 더 나시고, 어이하여 저 꼴이 되셨어요? 서방님 나가실 때 우리들 공론 말이 군자 같은 그 심덕이 어데 가면 못살겠

나, 어디를 가도 부자 되지. 그럴 줄만 알았더니 세상이 공도 없지요."

혀를 끌끌 차며 화로의 불을 뒤집어 가까이 놓아 주니, 흥부가 불 쪼이고 눈물을 흘리면서, 목 메인 소리로,

"복 없으면 할 수 없네. 아들은 스물다섯. 아씨 말도 할 말 있나. 내 차리고 온 의복은 게다 대면 장가길이지. 이 식구 스물일곱, 딱 죽게 되었기에 형님께 말씀드려 뭐 좀 얻어 가자 왔네마는 문안 일향하시옵고 성정 조금 풀리셨는지."

"문안이야, 그 앞에 가 무슨 병이 얼른하며, 좀체 귀신이나 꼼짝할까. 일생 태평하시옵고, 그 성정 말씀이야 서방님 계실 때보다 몇 배나 더 독하지요. 두 말씀 할 수 있어요? 이번의 제사 때에도 음식 장만을 아니하고, 대전으로 놓았다가 도로 쏟아 내옵는데, 지난 달 대감 제사에 놓았던 돈 한 푼이 제상 밑에 빠졌든지 몇 사람이 죽을 뻔했어요. 이번엔 또 의사 나서 싸돈으로 아니 놓고 꿰미채 놓았습죠."

흥부가 방에 앉아 담배 피고 불 쪼이니, 몸이 조금 녹았다가 이 말을 들어 보니 등어리가 선듯선듯 찬물을 끼얹고, 가슴이 두근두근 쥐덫이 내려지고, 머리끝이 쭈뼛쭈뼛하여 하늘로 올라가서, 온몸을 벌렁벌렁 떨면서 하는 말이,

"거기 들어가지 말고 바로 가는 수가 옳지. 이럴 줄 미리 알고

아예 아니 오겠더니, 아씨에게 못 견디어 부득이 왔네그려."

그 종이 하는 말이,

"이 추위에 저 꼴하고 예까지 오셨다가 못 얻으면 그만이지, 무슨 탈이 있겠어요. 어서 들어가 보시오."

"전일에 계시던 방, 그저 거기 계신가?"

"아니오. 그 방 옆에 꽃 계단을 꾸며 놓고 그 앞 길에 전석을 깔았으니, 그리 휘돌아 가면 외밀이 쌍창 열고, 화류틀 만자영창 양편 거울 붙인 방에 비슥 누워 계시옵니다."

"같이 가서 가르치소."

"아니오. 못하지요. 이런 위태한 일을, 만일 아차 하게 되면 날더러 데려왔다고, 둘이 다 탈이오니 혼자 들어가 보시오."

흥부가 할 수 없어 이를 꽉 아득 물고 팔짱을 되게 끼고 죽을 판 살판으로 가만가만 자주 걸어, 초당 앞에 이르니, 과연 놀부가 영창문을 반만 열고 검은 담비 모피 두루마기 우단 왜단 무겁다고 양색 단의를 하고 청모관을 빗겨 쓰고, 색 좋은 백동 오동수복 부산장인 맞춤 담뱃대에 팔장생 별각죽을 기장 길게 맞추어서, 양담배 피워 입에 물고, 안석에 비슥 누웠구나.

흥부가 아주 죽기로 각오하고 툇마루에 올라서서 극진히 절을 하고 떨며 눈물을 흘리며,

"떠나온 지 여러 해인데 기체 안녕하옵신지."

놀부가 한 손으로 안석 짚고 배 앓는 말이 머리 들듯 비슥이 들어 보이며 한 어미 배로 나와 함께 커서 장가들고, 자식 낳고 함께 살다 쫓아낸 동생이니, 아무리 오래되고 형용이 변했다고 모를 리 있을까마는, 우애 없는 사람이라 아주 모르는 체하여,

"뉘신지요?"

흥부는 정말 모르고 묻는 줄로 알았구나. 나가던 연조까지 고하여,

"갑술년에 나간 흥부요."

놀부가 무수히 곱씹으며 의심 내어,

"흥부, 흥부, 일 년 새경 먼저 받고 모 심을 때 도망한 놈, 그놈은 황보렸다. 쟁기질 보냈더니 소 가지고 도망한 놈, 그놈은 흥보렸다. 흥부, 흥부, 암만해도 기억하지 못하겠소."

흥부가 의사 있는 사람이면 수작이 이러하니 무슨 일이 될 것인가, 썩 일어서 나왔으면 아무 탈이 없을 것인데 저 농판 순박한 마음에 참 모르고 그러하니, 자세히 이르면 무엇을 줄줄 알고, 본사를 다 고하여,

"동부 동모 친형제로 이름자 항렬하여 형님 함자 놀 자 보 자 아우 이름 흥부라 하는 것을 그렇게 잊으셨소?"

놀부가 생각하니 다시 의뭉을 피우자 해도 흥부의 하는 말이 밤 까놓듯 하였으니, 의뭉집이 없어졌구나. 맞설 밖에 수가 없

어,

"그래서 동부 동모나 이부 이모나 친형제나 때린 형제나 어찌 왔나?"

원판 미련키는 흥부 같은 사람이 없어 얻으러 왔단 말을 그 말끝에 할 것인가. 엔간한 제 구변으로 놀부 감동시키려고, 목소리를 섧게 하고 눈물을 훌쩍이며 고픈 배를 틀어쥐고 애절하게 빌어 본다.

"형님 나를 내보내기는 미워함이 아니시라, 형님 덕에 유의유식하는 사람 될 수 있으니 각 살이로 고생하면 행여나 사람 될까 생각하여 하셨으니, 그 뜻을 어찌 모르겠습니까."

놀부가 저를 추켜 주는 말은 아주 좋아하는 사람이라 그 말에는 썩 대답하기를,

"아무려믄."

"형님 댁을 떠나올 때 부부가 손목을 서로 잡고 언약을 하옵기를, 밤낮으로 놀지 말고 착실히 품을 팔아, 돈 관이나 모으거든 흰떡 치고 찰떡 치고 영계 삶아 우에 얹어 내 등에 짊어지고, 찹쌀 청주 웃국 질러 병에 넣어 잔에 들고, 형님 댁에 둘이 가서 형님 부부 잡숫는 것을 기어이 보고 오세."

놀부가 음식 말을 듣더니 침을 삼키며 추어 말하기를,

"그렇지."

"단단히 약속하였더니, 어찌 그리 복이 없어 밤낮으로 벌어도 돈 한 푼을 못 모으고, 원치 않는 자식은 아들이 스물다섯."

놀부가 뒤로 물러나 앉으며 군소리하기를,

"박살할 놈, 그 노릇을 하여도 밤이면 대고 파 대니, 다른 일 할 틈이 있어야지. 계집년 생긴 것이 눈이 벌써 음녀거든."

"식구가 이러하니 아무런들 할 수 있어야지요. 빌어도 하도 먹으니 다시는 빌 데 없고, 굶은 지도 꽤 오래니 더 굶으면 죽겠기에, 형님 찾아왔사오니 전곡 간에 조금만 주시면 스물일곱 죽는 목숨 제 나라 여상이의 일단사요, 학철에 일두수라니 적선을 해 주세요."

두 손을 비비면서 꿇어 엎드려 슬피 우니, 놀부의 생각에는, '저놈의 생긴 것이 빌어먹기에 투가 나서 달래서는 안 갈 테고, 주어서는 또 올 테니, 죽으면 굶어 죽지 맞아 죽을 생각은 없이 하는 것이 옳다.' 하고, 부잣집 바람벽에 도적 막는다고, 철퇴 철편 마상도며 단단한 몽둥이를 오죽 많이 걸었겠나.

그중에 단단하고 손잡이 좋은 몽둥이 하나를 내어 손에 들고, 엎어져 우는 볼기짝을 에둘러쳐 딱 때리고 추상같이 호령했다.

"하늘이 사람을 낼 때 제 정한 복이 각기 있어, 잘난 놈은 부자 되고, 못난 놈은 가난한 법이니 내가 이리 잘 사는 것이 네 복을 뺏었느냐. 누구에게다가 떼쓰자고 이 흉년에 곡식 주쇼! 목

안으로 소리하며 눈물 방울 흩뿌리면 네 잔꾀에 내가 속을 줄 아느냐. 조금만 지체했다가는 잔뼈도 찾지 못할 테니 속속 출문어서 가라."

몽둥이를 또 둘러메니 불쌍한 저 흥부가 제 형의 성정을 아는구나. 눈물 씻고 절을 하며,

"정말 잘못하였으니 너무 노여워 마옵시고 평안히 계시옵소서. 동생은 가옵니다."

하직하고 나올 때에 놀부 아내가 거지에게 밥을 싸 주었다. 진가리 퍼서 주고 공알답인 한다 해도 모두 거짓말이고, 이년의 마음씨는 놀부보다 더 독하여 낭자하고 긴 대 물고 안 중문에 비껴 서서 시종을 구경하다가 흥부가 가는 것을 보고 제 서방을 나무라며,

"저러한 억지꾼 놈을 단단히 쳐 주어야 다시는 안 올 텐데, 어떻게 때렸관대 여상으로 걸어가네. 제 계집은 잘 잡죄지. 다리 칼 공알 주먹, 동생은 우애하여 사정을 보았구면."

흥부가 형의 집에 전곡 얻으러 왔다가 몽둥이만 잔뜩 타고 비틀걸음으로 건너갔다.

이때에 흥부 아내는, 여러 날 굶은 가장을 형의 집에 보내고서 전곡 간에 얻어 오면 굶은 자식 먹일 줄로 알고 동리 어귀에 나가서 기다린다. 스물다섯 되는 자식, 다른 사람 자식 낳듯 한

배에 하나 낳아, 삼사 세 된 연후에 낳고 낳고 하여서야 사십이 못 다 되어 어찌 그리 많이 낳겠는가. 한 해에 한 배씩, 한 배에 두셋씩 대고 낳아 놓았구나.

그리해도 아이들은 칠칠일을 지나면 안기도 하여 보고, 백일이 지나며는 업기도 하여 보고, 첫돌이 지나면 손잡고 걸어 보고, 서너 해 지나면 의복 입고 다녔어야 다리에 골이 오르고 몸이 활발할 터인데, 이 집 자식 기르는 법은 멍석을 겨를 적에 세 줄로 구멍을 내어, 한 줄에 열 구멍씩 첫 구멍 조그맣고 차차 구멍 크게 했다.

한 배에 낳은 자식 둘이 되나 셋이 되나 앉혀 보아 앉으면 첫 구멍에 목을 넣고, 하루 몇 때씩을 암죽만 떠 넣으면 불쌍한 이것들이 울어도 앉아 울고, 자도 앉아 자고, 똥오줌 마려우면 멍석 쓴 채로 앉아 누워, 세상에 난 연후에 실오라기 하나라도 몸에 걸쳐 본 일이 없고, 한 번도 문턱 밖에 발 디디어 본 일이 없고, 다른 사람 얼굴 보아 소리 들어 본 일이 없고, 그저 앉아 큰 것이라.

때 묻은 야윈 낯이 터럭이 거칠거칠 동지섣달 강아지가 아궁이에 자고 난 듯, 멍석 쓴 채 세고 보면 빼빼 마른 몸둥이가 짱둥이를 엮어 놓은 듯, 못 먹고 앉아 크니, 워낙 무르게 되어 큰놈들은 스무 살씩, 작은놈들은 십칠팔 세, 남의 자식 같으면 농사하

네 나무하네 한창들 벌련마는, 원 늦되어서 부르는 게 어메, 아
비. 음식 이름 아는 것이 밥뿐이로구나. 다른 음식 알자 한들 세
상에 난 연후에 먹기는 고사하고 보거나 듣거나 하였어야지.

밥 갖다 줄 때가 조금만 지나면 뭇놈이 각청으로,

"어메 밥, 어메 밥."

하는 소리가 비 올 때 방죽의 개구리 소리도 같고, 석양 하늘의
떼 매미 소리도 같다.

언제라도 밥 들고 들어가도록, "어메 밥, 어메 밥." 하는구나.

이날도 흥부댁이 자식 놈들 "어메 밥" 소리에 정신을 못 차려
서, 벗은 발에 두 손 불며 동문 밖에 나서 보니 흥부가 금방 건너
올 때, 지거나 메지도 아니하고, 빈손 치고 정신없이 비틀비틀
오는 거동은 조창배 격졸들이 일천 석 실은 곡식 풍랑에 파선하
고 열 번이나 삼 년 체수 고생 겪고 오는 모양. 댓바리 고마 마부
가 관가 봉물 싣고 갔다가 백 냥짜리 말 죽이고 주막마다 빌어
먹어 빈채 들고 오는 모양. 경색이 말이 안 되어 흥부댁이 깜짝
놀라 손목을 잡으면서,

"어이 그리 지체하고 어이 그리 심란한가. 오죽이 시장하며
오죽이 춥겠는가."

자세히 살펴보니 쑥 들어간 두 눈가에 눈물이 그렁그렁. 간신
히 살 가리운 고의 뒤폭 툭 미어져 빼빼 마른 볼기짝에 몽둥이

맞은 자리에 구렁이가 감겼는 듯.

흥부 아내 대경하여,

"애고 이게 웬일인가. 저 몹쓸 독한 사람, 굶은 사람 쳤네그려."

하고 가슴 탕탕 치며 발 구르니, 흥부가 달래기를,

"자네 그게 웬 소린가. 형님댁에 건너가니 형님이 반기시고, 좋은 술, 더운밥을 착실히 먹인 후에 쌀 닷 말, 돈 석 냥 썩 내어 주시기에, 쌀 속에 돈을 넣어 오장치에 묶어지고 땀으로 등을 적시면서 오노라니, 이 넘어 깊은 골에 끔찍한 두 사람이 몽둥이 갈라 쥐고 솔밭에서 왈칵 나와 볼기짝 때리면서, '이놈 목숨이 크냐 재물이 크냐.' 한 번 호통에 정신 놓아, 졌던 짐 벗어 주고 겨우 살아오느라고 서러워서 울었으니 형님 원망은 마시오."

흥부댁이 믿지 않고 손뼉을 딱딱 치며,

"그렇다고 해도 내가 알고 저렇다고 해도 내가 알지. 몹쓸 양반 몹쓸 양반. 시아재는 몹쓸 양반. 하나 있는 그 동생을 못 본 지가 몇 해인데, 오늘같이 추운 아침에 형 보자고 간 동생의 차린 모양을 보면 오려논에 새 볼 터이오. 의복을 보면 구럭 속에 쇠고기 든 듯 얼굴은 부황 채색, 말소리는 기진 함함하니, 여러 해 굶은 것과 조금 하면 죽을 경색을 번연히 알 터인데, 구원하기는 고사하고 저리 몹시 때렸으니 사람이 할 일인가. 애고애고 설운지고. 옛사람의 아우 생각, 구름 보면 낮 졸음, 수유꽃 꺾어 꽂고 소일탄을 한다는데, 우리 집 시아재는 어찌 그리 독살스러운고. 남의 원망 쓸데없지. 모두 다 내 죄로다. 국난에 어진 재상, 가빈에 어진 아내 생각하고, 내가 설마 음전하면 불쌍한 우리 가장을 못 먹이고 못 입힐까. 가장은 처복이 없어 내 까닭에 굶거니와 철모르는 자식 정경 더구나 못 보겠네. 짐승은 미물이나 입으로 밥을 물어 자식을 먹여 주며, 추우면 날개 벌려 자식을 덮는 것을 나는 어찌 사람으로 수다한 자식들을 굶기고 벗기는고. 각결의 아내같이 밭이나 매어 볼까. 양홍의 아내같이 물이나 길어 볼까. 직녀성에 빌어서 바느질품을 팔아 볼까. 탁문군의 본을 받아 술장수를 하여 볼까.”

하니, 흥부가 깜짝 놀라,

“자네 그것 웬 소린가. 죽었으면 그저 죽지, 자네 시켜 술 팔겠나? 가사는 임가장이니 내가 가서 품을 팔 테니, 자네는 집에서 채전이나 가꾸고, 자식들 길러 내소.”

흥부가 품을 팔 때, 매우 부지런히 서둘러 상평 하평 김매기, 원산 근산 시초 베기, 먹고 닷 돈에 장 서두리, 십리 돈 반에 승교 메기, 새로 난 조기 밤짐 지기, 시간 정하고 급주하기, 방 뜯는 데 조역군, 담 쌓는 데 자갈 줍기, 봉산 가서 모품 팔기, 대구 영에 약태전, 초상난 집 부고 전하기, 출상할 때 명정 들기, 공관

되면 상직자기, 대장간에 풀무 불기, 멋있는 기생 아씨 타관 애부에게 편지 전하기, 부잣집 어린 신랑 장가갈 때 기러기를 들고 신랑 앞에 서서 가기, 들병당수 술짐 지기, 초란이 판 나무 놓기, 아무리 벌어도 시골서는 할 수가 없다.

서울로 올라가서 군칠이 집의 종노릇을 하다가 소주 가마 눌려 놓고 뺨 맞고 쫓겨 와서, 대신 매를 맞고 돈을 받는 매품 팔러 병영 갔다가는 차례에 밀려 태장 한 대 못 맞고서 빈손 쥐고 돌아오니, 흥부 아내가 품을 판다.

오뉴월 밭매기와 구시월 김장하기, 한 말 받고 벼 훑기와 입만 먹고 방아 찧기, 삼 삶기, 보 막기와 물레질, 베 짜기와 머슴의 헌 옷 깁기, 상가에서 빨래하기, 혼인이나 장례집 진일하기, 채소밭에 오줌 주기, 소주 곱고 장달이기, 물방아에 쌀 까부르기, 밀 맷돌 갈 때 제 집어넣기, 보리 갈 때 밑거름 주기, 못자리 때 망풀 뜯기, 아기 낳고 첫 국밥 제 손으로 하여 먹고, 기운을 방통(放通)하는 데 절구질로 땀을 내니, 한때도 쉬지 않고 밤낮으로 벌어도 늘 굶는구나.

흥부댁이 할 수 없어 죽기로 자처하고, 복을 못 타고난 신세 자탄을 진양조로 서글피 울 때, 마음 있는 사람들은 귀에서도 눈물 난다.

"애고애고 설운지고, 복이라 하는 것이 어떻게 하면 잘 타고 나는고. 북두칠성님이 마련을 하시는가. 제왕 산신님이 점지를 하시는가. 생년 생월 생일 생시 팔자에 매였는가. 승금상수(乘金相水) 혈토인목(穴土印木) 묘지 쓰기에 매였는가. 이목구비 오악(五嶽)으로 생기기에 매였는가. 좋은 일을 하고 악을 측은히 여기고 선을 우러러 행하는 마음씨에 매였는가. 어찌하면 잘 사는지 세상에 난 연후에 의롭지 않은 일 아니하고 밤낮으로 벌어도 서른 날에 아홉 끼니 먹기도 어렵고, 일 년 사철 헌 옷이라. 내 몸은 고사하고 가장은 부황 나고 자식들은 굶어 죽을 지경을, 사람 차마 못 보겠네. 차라리 자결하야 이런 꼴 안 보고 싶구나. 애고애고 설운지고."

치마끈으로 목을 매니 흥부가 울며 말려,

"여보소, 아기 어멈, 이것이 웬일인가. 자네가 살아서도 내 신세 이러할 때는 자네가 죽게 되면 내 신세 어떠하고, 자식들이 어떻게 되겠소. 부인의 백 년 신세 가장에게 매였는데, 박복한 나를 얻어 이 고생을 하게 하니, 내가 먼저 죽을라네."

허리띠로 목을 매니, 흥부 아내 겁을 내어 가장의 손을 꼭 붙들고서 둘이 서로 통곡하니, 아주 초상난 집 같았다.

이때에 중 하나가 촌중으로 지나는데, 행색을 알 수 없이 연년 묵은 중, 헐디 헌 중, 초의불침부불선(草衣不針復不線) 양이수견미복면(兩耳垂肩眉覆面) 다 떨어진 홀치송낙, 이리 총총 저리

총총 헝겊으로 지은 것을 귀에 흠뻑 눌러 쓰고, 누덕누덕 헌 베
장삼, 율무 염주 목에 걸고, 한 손에는 절로 굽은 철죽장, 한 손
에는 다 깨어진 목탁을 들고, 동냥을 얻으면 무엇에 받아 갈지
목기짝, 바랑 등물 하나도 안 가지고 개미가 안 밟히게 가만가
만 가려 디뎌 촌중으로 들어올 때, 개가 콩콩 짖으면 두 손을 합
장하며,

"나무아미타불."

사람이 말 물으면 허리를 굽히면서,

"나무아미타불."

이집 저집 다 지나고 흥부 문전 당도하니, 오랫동안 주저하며
울음소리 한참 듣다 목탁을 두드리며 목 내어 하는 말이,

"거룩하신 댁 문전에 거지 승 하나 왔사오니 동냥 조금 주옵
소서."

목탁을 계속 치니 흥부가 눈물 씻고 애절히 대답하기를,

"굶은 지 여러 날에 곡식이 없사오니 아무리 섭섭하나 다른
데나 가 보시오."

노승이 대 답하되,

"주인의 처분이니 그저 가기는 하겠지만, 통곡은 웬일이오."

"자식은 여럿인데 가세가 몹시 가난하여 굶다 굶다 못하여서,
가련한 부부 목숨 먼저 죽기 다투어서 서로 잡고 우옵니다."

그 중이 탄식하여,

"어허 신세 가련하오. 부귀가 임자 없어 적선하면 오는 것이니 무지한 중의 말을 만일 듣고 믿을 터면, 집터 하나 가르칠 테니 소승 뒤를 따르시오."

흥부가 크게 기뻐하여 천 번 만 번 치하하고 대사의 뒤를 따라가니, 배산임수 개국하고 무성한 숲과 긴 대 두른 곳에 집터를 정하는데 명당수법 완연했다.

"감계룡(坎癸龍) 간좌곤향(艮坐坤向) 탐랑득거문파(貪狼得巨門破)며 반월형 일 자로 앞을 가로막은 산에 문필봉(文筆峰) 창고사(倉庫砂)가 좌우에 높았으니 이 터에 집을 짓고 가난하지만 안락한 마음을 가지고 지내면 가세가 속히 일어날 테니 월나라 재상 도주와 노나라 부자 의돈에 비길 만할 것이오, 자손이 영광되고 귀하여 만세 유전하오리다."

부자 될 집터에 주된 기둥 자리 막대 넷 박아 주고, 한두 걸음 나가더니 얼른 보이다가 쓱 사라지는 것이었다.

도승인 줄 짐작하고, 있던 집 헐어다가 그 자리에 의지라고 간신히 지낼 적에, 백설한풍 깊은 겨울 벌거벗고 굶주린 배로, 아니 죽고 살아나서 정월 이월 얼음이 풀리니, 산수 경개 참으로 좋다.

버들은 연한 황록색이요, 꾀꼬리는 노래하고, 배꽃 백설 향기에 나비가 춤을 춘다. 까치는 손수 제 집을 지어 가지는 재주가 내 집보다는 단단하고, 산골짜기 다리 밑에 모인 암꿩이 우는 소리가 나는 때를 얻었도다.

집은 당장 새려는데, 소쩍새는 비오비오. 쌀 한 줌 없는 것을 저 새소리, '솥 작다.' 하고 뻐꾸기는 운다마는 논이 있어야 농사를 하지.

오디새야 날지 말아, 누에를 쳐야 뽕을 따겠다. 배가 저리 고프거든 이것 먹소 쑥국새, 목이 저리 갈증 나거든 술을 줄까 사다새. 먹을 것이 없으니 닭 개를 기를까. 살해를 아니하니 고라니와 사슴이 벗이로다.

삼월 동풍이 부는 이른 봄의 화창한 날씨에, 온갖 새와 짐승이 즐길 적에 강남서 나온 제비, 옛날 왕사당전 제비가 이제는 백성의 집에 날아들었네.

흥부의 움막에 제비가 날아드니, 흥부가 좋아하고 제비 보고 치하한다.

"소박한 세상인심 부귀를 추세하여, 적막한 이 산중에 찾아올 리 없건마는, 제비는 가난한 집 저버리지 않는다고 하더니, 붉게 칠한 난간과 채색한 누각 다 버리고, 썩 좁은 이내 집을 찾아오니 반갑도다."

저 제비의 거동 보소. 그래도 성조라고 남남지성 하례하고,

좋은 진흙 물어다가 처마 안에 집을 짓고, 수컷이 날고 암컷이 따르며 오르내리며 사랑하여 알을 낳아 새끼 까서 밥 물어다 먹이면서, 새끼와 어미가 지저귀며 즐기더니, 천만뜻밖에 대망이가 제비집에 들었거늘, 흥부가 깜짝 놀라 정설하며 쫓는구나.

"무례하고 방자한 저 대망아, 너 먹을 것 많구나. 푸른 풀 우거진 지당 곳곳에 있는 개구리들과 여기저기 봄꿈을 미처 깨지 못한 새들, 허다한 것을 다 버리고 구태여 내 집 와서 제비 새끼를 잡아먹노. 한 고조 과대택에 적소검 드는 칼로 네 허리를 베고지고, 남악사에 시정을 하소연하여 신병을 몰아다가 네 큰 목을 자르겠다."

급급이 쫓고 보니 제비 새끼 여섯에서 다섯을 먹고 하나가 남아 혈혈이 아니 죽고 날기 공부를 하다가, 대발 틈에 발이 빠져 거의 죽게 되었거늘, 흥부 보고 대경하여 제비 새끼를 손에 놓고 무한히 탄식한다.

"가련한 너의 목숨 대망에게 죽지 않아 완명으로 알았더니, 다리가 부러지니 웬일이냐. 전생의 죄액이냐, 잠시의 횡액이냐. 삼백 우족 많은 중에 죄 없는 게 제비로다. 네 알이 아니었던들 은나라가 없었을 것이다. 네 턱이 아니었으면 만 리 봉후를 어이하였으리. 백 가지 곡식에 해가 없고 사람을 별로 따라, 공량 락연니는 문장의 수단이요, 연어조량만은 정부(情婦)의 수심이

라. 네 경색이 가련하니 기어이 살리리라."

칠산 조기 껍질을 벗겨 두 다리에 돌돌 말고, 오색당사로 찬찬 감어 제 집에 넣었더니, 십여 일 지낸 후에 두 다리가 완고하여, 비거비래 노는 거동은 보기에 가장 좋았다.

구만 리 장공에 높이높이 날아 보고, 일대장천 맑은 물에 배도 쓱 씻어 보고, 평평한 넓은 들에 아장아장 걸어 보고, 길게 맨 빨랫줄에 한들한들 앉아도 보고, 바람에 떨어진 꽃 또기또기 차도 보고, 가랑비 젖은 날개 실근실근 다듬으며, 아로 새긴 들보 위에 고운 말로 하례하고, 해당화 그늘 속에 오락가락 날아 보니, 흥부가 좋아하고 집 안에 있을 제는 제비하고 소일하고, 나갔다 들어오면 제비집을 먼저 보아 다정히 지내더니, 칠월에 화심성(火心星)이 흐르고 팔월에 물억새를 베어 들이니, 이슬이 서리 되고 가을바람이 쌀쌀하여 구월엔 입을 옷을 받으니 동방에 귀뚜라미가 울어 깊은 수심 자아내고, 장공에 기러기 우는 소리는 먼 데 소식 띄워 온다.

용산에서 술 마시고, 망향대에서 손님 보낼 때에 섭섭하다. 우리 제비는 고향 강남으로 가려고 하직을 하는구나.

흥부가 탄식하여,

"사랑스럽다 우리 제비. 날 버리고 가려느냐. 강남이 멀다 하니 며칠이면 당도할까. 내년 봄에 나오거든 부디 내 집 찾아오

너라."

제비 저도 못 잊어서 나갔다 도로 와서 아리따운 말소리로 이별을 아끼는 듯.

흥부는 본래 서러운 사람이라 눈물보씩이나 흘리고 이별을 하였구나.

십이제국 갔던 제비 구월 그믐 돌아와서 시월 초하룻날 제 장수께 현신하고 새끼 수를 점고하여 문서 치부하는구나.

노나라 갔던 제비 첫째로 들어가고, 조선에 왔던 제비 둘째로 들어갈 때, 흥부의 제비가 현신하니 장수가 묻는 말이,

"어찌 새끼를 하나만 까고 두 다리가 부러졌노."

제비가 여쭙기를,

"새끼 여섯을 깠삽더니 대망이가 다 먹삽고, 다만 하나 남은 것이 대발 틈에 발이 빠져 거의 죽게 되었더니, 주인 흥부의 힘을 입어 간신히 살렸으니, 흥부의 어진 덕은 백골난망이옵니다."

제비 장수가 분부하기를,

"장령을 어기면 번번이 탈이 있느니라. 금춘 이월 나갈 적에 그날이 을사일 사불원행이니 가지 말라 분부하되 고집으로 나가더니, 뱀날 떠났기로 뱀의 환을 만났구나. 흥부가 한 일을 생각하니 금세의 군자로다. 보배 하나를 갖다 주어 은혜를 갚게

하라. 명춘에 나갈 적에 내게 다시 고하여라."

삼동을 다 지내고, 이월 초에 발행할 때 흥부가 살린 제비 장수전에 하직하니, 보물 하나 내어주며,

"이것을 물어다가 흥부에게 잘 전하라."

제비가 받아 물고 조선으로 나올 적에, 무인지경 누만 리에 인가를 볼 수 있나. 봄 제비가 돌아와 수풀 나무에 집을 짓고 밤이면 나무에 자고, 날이 새면 다시 날아 삼월 삼일 정한 날에 흥부 집을 찾았다.

이때에 주인 흥부가 제비를 보내고서, 일념에 못 잊어서 자주 생각하다가 삼짇날이 돌아오니, 그 제비가 다시 올까 품 팔러도 아니 가고 기다리고 앉았더니, 반가운 저 제비가 처마 안에 날아들 때, 부러진 두 다리가 옛 모습이 뚜렷하다.

"아지주지."

고운 소리는 그리던 회포를 말하는 듯, 흥부가 좋아하고 무한히 정설한다.

"네 왔느냐. 네가 왔느냐. 내 제비 네가 왔느냐. 강남 수천 리를 다 지나 네가 왔느냐. 강남 아름다운 땅을 어이하여 내버리고 누추한 이내 집을 허위허위 찾아왔느냐. 인심은 남을 속여 한 번 가면 잊건마는 너는 어찌 믿음이 있어 옛 주인을 찾아왔느냐."

한창 이렇게 반길 적에 제비가 입에 물었던 것을 흥부 앞에 떨어뜨리니 흥부가 집어 들고 저의 댁을 급히 불러,

　　"여보쇼 아기 어멈, 어서 와서 이것 보소. 제비가 물어 왔네."

　　흥부댁이 들고 보며,

　　"애겨, 이게 무슨 씨 아닌가."

　　여인의 소견이라 당치 않게 대어 보아,

　　"그것 아마 외씨지."

　　"아니로세. 옛날에 진나라 소평이 벼슬이 무섭다고 외 심어서 팔았으나, 그 땅이 관중이라 강남은 아니고 외씨가 이리 클 리가 있는가."

　　"그리하면 여지씬가?"

　　"아니로쇠. 양귀비 고운 얼굴 화색을 내려 하고 여지만 먹었으나, 촉나라에서 공물을 바치니 강담 소산 아니었고, 여지씨는 울퉁불퉁 벌레 먹은 형상이니, 오, 그것이로구나. 약방에서는 백편두라 한다던가."

　　"그게 강낭콩 아닌가?"

　　"아니로세. 강낭콩은 훨씬 넓고 가에 흰 테를 둘렀는데."

　　"애겨, 무슨 글자가 써 있네."

　　"이리 주소, 어디 보세. 갚을 보(報), 은혜 은(恩), 박 표(瓢), 보은 표. 보은 표, 보은은 충청도 땅, 옥천 옆에 그러니까 이 제비

올 적에 공주로 노성으로 은진으로 온 것이 아니라, 보은으로 옥천으로 연산으로 이리 왔나? 여러 고을 지나오며 어찌 똑 보은 박씨 무엇하자고 물어 왔나. 보은 대추 좋다 하되 박 좋단 말 못 들었네. 그러나 저러나 강남 것일는지 보은 것일는지, 저 먹을 것 아닌 것을 물어 온 게 괴이하고, 내 앞에다 떨어뜨리니 더욱이 괴이하니 아무려나 심어 보세."

을불재종 날을 보아 대장군 안 선방을 둥그렇게 깊이 파고, 오줌독에 담근 신짝 여러 죽을 포개 쌓고 흙과 재를 잘 버무려 단단히 심었더니, 싹이 트는 것을 보니 박은 정녕 박이었다. 순이 차차 뻗어 나니 산나무 가지 꺾어 드문드문 순을 주어 지붕 위로 올렸더니, 화창한 바람과 단비 내리는 호시절에 밤낮으로 무성하여 삿갓 같은 넓은 잎이 온 집을 덮었으니, 비가 와도 걱정 없고, 닻줄 같은 큰 넝쿨이 온 집을 얽었으니 바람 불어도 걱정 없어, 흥부가 벌써부터 박의 힘을 보는구나. 마디마디 피는 꽃이 노인 기상 조촐하다.

박 세 통이 열렸는데 처음은 까마귀 머리만큼, 종자만큼, 보시기만큼, 화로만큼, 장단 북통만큼, 폐문 북통만큼, 밤낮으로 차차 크니, 약한 집이 무너질까 흥부가 걱정하여 단단한 장목으로 박통 놓인 데마다 천장을 괴었더니, 그렁저렁 상풍팔월 박타는 계절이 이르니, 흥부가 저의 처와 의논할 때,

"여보쇼, 아기 어멈, 이 아니 좋은 땐가. 우리 동네 사람들은 오례 잡아 서리쌀, 풋동부, 풋콩 까서 밥을 짓네, 송편하네, 창 앞에 대추 따고, 후원에 알밤 줍고, 논귀에 붕어 잡고, 두엄에 집 장 띄워 먹을 것 많건마는, 가련한 우리 신세 먹을 것이 전혀 없 네. 세상에 죽는 목숨 밥 한 덩이 누가 주며, 찬 부엌에 굶은 아 내 조강인들 볼 수 있나. 철모르고 우는 자식 '밥을 달라, 밥을 달라.' 무엇으로 달래 볼까. 우리는 저 박을 타서 박속은 지져 먹 고, 박짝은 팔아다가 한 끼 구급하여 보세."

동네 도끼 얻어 들고, 집으로 올라가서 박 꼭지는 찍었으나 끌어내릴 수가 없어, 정월 보름 끌던 줄을 당산 나무 감았는데, 그 줄을 풀어다가 박통을 동이고서 흥부는 뒷줄 잡고 처자는 앞 줄 당겨 간신히 내려놓고, 박 목수의 큰 톱을 얻어 박통을 켜려 는데, 흥부 꼴은 이러하나 속 맛은 담뿍 들어,

"여보쇼, 아기 어멈. 평지에다 지어도 절은 절이오, 성복술에 도 권주가 한다고, 우리의 일 년 농사 논을 하는가 밭을 하는가. 모심을 때 상사소리, 밭 맬 때 메나리 불러 볼 수 없었으니, 우리 는 이 박을 타며 박 노래나 하여 보세."

"무슨 노래 사설을 알아야 하지."

"묵은 사설 때 묻으니 박 내력을 가지고서 사설 지어 먹이거 든, 자네는 뒤만 맡소."

"그리합세."

흥부가 톱질 소리를 먹인다.

"어기여라 톱질이야, 당겨 주소 톱질이야, 성인이 풍류질 제금·석·사·죽·포·토·혁·목, 이 박이 아니면 팔음이 어찌되리."

"어기여라 톱질이야."

"아성 안자 안빈낙도, 이 박이 아니면 일표음을 어찌하며, 소부의 세상을 피한 높은 절개가 이 박이 아니고야 기산괘의 표주박을 어찌 걸리."

"어기여라 톱질이야."

"군자가 말 없기는 무구포가 아니겠나.《남화경》에 있는 박은 크기만 하고 쓸데없어 아깝도다."

"어기여라 톱질이야."

"인간대사 혼인할 제 표주박 술잔으로 술 돌리고, 강산의 시주객은 표주박 잔을 들어 서로 권하는 것이라."

"어기여라 톱질이야."

"우리도 박을 타서 쌀도 일고 물도 떠서 가지가지 써 보세."

"어기여라 톱질이야."

슬근슬근 탁 타 놓으니, 청의 입은 동자 한 쌍이 박통 밖에 썩 나서며,

"이것이 흥부 씨 댁이오?"

하니, 흥부가 깜짝 놀라 뒤꼭지 탁탁 치며,

"이런 재변 보았는가. 초나라 유자 속에 노인 바둑 둔다더니, 박통 속에 동자가 들다니 천만고에 처음이라. 내 이름을 어찌 알고 무엇하자고 와서 묻는지. 허참, 이 노릇이 도망이나 할 수 있나. 죽자 원, 내가 흥부다. 이 쵬 풀밭에 누워서도 진드기 한 마리가 붙을 데 없는 사람을 찾아 무엇하겠느냐?"

저 동자가 소매에서 대모 쟁반을 내놓는데, 병과 접시에 종이 봉지가 드문드문 놓였구나. 눈 위에 높이 들어 흥부 앞에 드리면서 절하고 여쭙기를,

"삼신산 열위선관이 모여 앉아 공론하기를, 흥부 씨 지극한 덕화는 금수까지 미쳤으니 그저 있지 못하리라. 몇 가지 약을 보내시니 백옥병에 넣은 것은 죽는 사람 혼을 불러 돌아오는 환혼주, 밀화 접시에 놓은 것은 소경이 먹으면 눈이 밝는 개안주, 호박 접시에 담은 것은 벙어리가 먹으면 말 잘 하는 개언초, 산호 접시 담은 것은 귀 막힌 이 먹으면 귀 열리는 개이용, 설화지로 묶은 것은 아니 죽는 불사약, 금화지로 묶은 것은 아니 늙는 불로초, 가지가지 있삽는데, 약 이름과 쓰는 데를 그 옆에 썼사오니 그리 알아 쓰옵소서. 가다가 동정 용궁에 전할 편지가 있삽기로 총총히 가옵니다."

사흘 굶은 저 흥부가 헛 수인사 한 번 하여,

"저러하신 선동이 날 같은 사람 보려 하고 그 먼 데서 오셨다가 아무리 소금밥이나 점심 요기해야지."

동자가 웃고 대답하기를,

"세상 사람 아니기에 시장하면 구전단, 목마르면 감로수, 연화식을 못 하오니 염려치 마옵소서."

하고 인홀불견 간데없다.

흥부가 생각하기를 허술한 집구석에서 선약을 혹 잃을까, 조그마한 오장이에 모두 넣어 꽉 동여서 움막방 들보 위에 씨나락 모양으로 단단히 얹었구나. 동자를 보낸 후에,

"어허, 괴이하다."

박짝 속을 또 굽어보니 목물이 놓였는데, 하나는 반달이 농만 하고, 하나는 벼루집만 한데 주홍 왜칠 곱게 하고, 용·거북 자물쇠를 단단히 채고서, 초록 당사 벌 매듭에 열쇠 달아 옆에 걸고 둘 모두 뚜껑 위에 황금 정자 쓰였는데, '박흥부 개탁'이라.

흥부 보고 장담하기를,

"내가 비록 산중에 사나 이름은 멀리 났지. 봉래산 선동들도 내 이름을 부르더니 목물 위에 또 썼구나."

둘 다 열고 보니 하나는 쌀이 가득, 하나는 돈이 가득. 부어 내어 되고 세니 동서방 상생수로 쌀은 서 말 여덟 되, 돈은 넉 냥 아홉 돈, 온 집안이 대희하여 그 쌀로 밥을 짓고, 그 돈으로 반

찬을 사서 바로 먹기로 드는데, 흥부의 마누라가 살림살이 약게 하나 양식 두고 먹은 일이 있나.

부자 아씨 같으면 식구가 스물일곱, 모두 칠흡 넬지라도 이칠 이 십사, 칠칠은 사십구, 말 여덟 되 구홉이니, 채워 두 말 하였 으면 오죽 푼푼하련마는, 평생 양식 부족하여 생긴 대로 다 먹 는다.

부부가 품 판 삯을 양식으로 받아 오나 돈으로 받아 오나, 한 돈어치 팔아 오나 두 돈어치 서 돈어치 판대로 하여도 모자라기 만 하였기로, 서 말 여덟 되를 생긴 대로 다 할 적에 솥이 적어 할 수 있나.

쇠물솥 그중 큰 집 찾아가서 밥을 짓고, 넉 냥 아홉 돈을 쇠고 기를 모두 사서 반찬을 하려 할 때, 식칼 도마가 어디 있나. 여러 자식 놈들이 고기를 붙들고서 낫으로 자를 적에 고기 결을 알 수 있나. 가로 잘라 놓은 모양 서까래 머리 잘라 놓은 듯, 기둥 밑 잘라 놓은 듯, 건개와 양념들도 별로 수가 많지 않아, 소금 뿌 리고 맹물 쳐서 토정에 삶아 내고, 그릇 없어 밥 푸겠나 씻지도 않은 쇠죽통에 밥 두 통을 퍼다 놓고, 숟가락은 근본 없고 있더 라도 찾겠는가. 여러 해 물기 안 한 손물통 가에 늘어 앉아 서로 주워 먹을 적에, 이 자식들이 노상 밥이 부족하여 서로 뺏어 먹 었구나.

그리 많은 밥이지만 큰놈 입에 넣는 것을 작은놈이 뺏어 훔쳐 큰놈도 뺏기고, 서로 집어 먹었으면 싸움 아니하련만, 악을 쓰며 주먹 쥐어 작은놈 볼통이를 이가 빠지게 찧으면서, 개 아들 놈 쇠 아들놈, 밥통이 엎어지고 살벌이 일어나되, 무지한 저 흥부는 밥 먹기에 윤리도 잊어버려 자식 몇 놈 뒈져도 살릴 생각 아예 않고, 그 뜨거운 밥인데도 두 손으로 서로 쥐어서 쭉방을 놀리는 식으로, 크나큰 밥덩이가 손에서 떨어지면 목구멍을 바로 넘어, 턱도 별로 안 놀리고 어깨춤 눈 번득여, 거진 한 말어치 처치를 한 연후에, 왼편 팔 땅에 짚고 두 다리 쭉 뻗치고 오른편 손목으로 배가죽을 문지르며, 밥더러 농담하기로 들어,

"여봐라 밥아, 내가 하도 시장키에 너를 조금 먹었으나, 네 소위를 생각하면 대면할 것 못되지. 세상 인심이 간사하여 세력을 따른다 하지만 너같이 심히 하랴. 세도집과 부잣집만 기어이 찾아 가서 먹다 먹다 못다 먹어, 개를 주며 돼지를 주며, 학 두루미 떼 거위를 모두 다 먹이고도, 그리해도 많이 남아 쉬네 썩네 야단하며, 나와는 무슨 원수 있어 사흘 나흘 예상 굶어 뱃가죽이 등에 붙고 갈빗대가 따로 나서, 두 눈이 캄캄하고 두 귀가 먹먹하여, 누웠다 일어나면 정신이 어질어질, 앉았다 일어서면 다리가 벌렁벌렁, 말라 죽게 되었어도 찾는 일이 전혀 없고 냄새도 못 맡게 하니, 그런 도리가 있단 말인가 에라, 이 괴이한 것 그런

법이 없느니라."

아주 한참 준책하더니 도로 슬쩍 달랜다.

"내가 그리한다고 노여워 아니 오려느냐. 어여뻐서 한 말이지 미워서 한 말이 아니로다. 친구가 조만 없어 정지 후박 매였으니 어찌 서로 이리 늦게 만났는가, 원하기는 떨어지지 말고 지내 보세. 아껴 아껴 내 밥이야. 아껴 아껴 내 밥이야. 옥을 주고 바꿀쏘냐, 금을 주고 바꿀쏘냐, 아껴 아껴 내 밥이야."

밥이 더럭더럭 오게 새 정을 붙이려고 이런 야단 없었구나. 밥하고 수작할 때 흥부의 열일곱째 아들놈이 장난을 하느라고 쌀궤를 열어 보고 깜짝 놀라 아비 불러,

"애겨, 아뷔 이것 보오, 이 궤 속에 쌀 또 있네."

흥부가 의심하여,

"그 말이 웬 말이냐? 돈 든 궤를 또 보아라."

"애겨, 돈도 또 들었소."

"어허, 그것 참으로 좋다."

그 많은 자식이 팔을 바꾸어 종일을 부어 내어도 웬 전곡이 어림짐작도 없다. 자식들은 그 노릇을 하라 하고 뱃심이 든든할 때, 둘째 통을 또 켜는데 늘상 굶던 흥부 신세 뜻밖에 밥 보더니, 아주 밥에 골몰하여 톱질하는 선소리를 밥으로 메기었다.

"어이여라 톱질이야. 좋을시고, 좋을시고. 밥 먹으니 좋을시

고. 수인씨의 교인화식 날 위하여 가르쳤네."

"어기여라 톱질이야."

"강구노인 함포고복 나만치나 먹었던가. 엽피남묘 전준지희 나만치나 즐기던가."

"어기여라 톱질이야."

"만고에 영웅들도 밥 없으면 살 수 있나. 오자서도 도망할 제 오시에 걸식하고, 한신이 궁곤할 제 표모에게 기식이라."

"어기여라, 톱질이야."

"진문공 전간득식, 한광무 호타맥반, 중한 것이 밥뿐이라."

"어기여라 톱질이야."

"이 박통을 또 타거든 은금보패 내사 싫어, 더럭더럭 밥 나오소."

슬근슬근 탁 타 놓으니 온갖 보물 다 나온다.

비단으로 불작시면 천문일사황금방 번듯 돋아 일광단, 능도 중천만국명, 산하영리 월광단, 평치수토 하우공덕, 구주토산 공단, 금성옥진 높은 도덕 공부자의 대단, 진시황 안 무섭네.

입이 바로 모초단, 남궁연 대풍가의 금도천지 한단, 팔년간과 지은 죄로 조공 바치던 왜단, 훈금어 삼군무늬 노돌십진 영초단, 나는 짐승 우단, 기는 짐승 모단, 쥐털 모아 짜내니 불에 씻는 화한단, 일조 낭군 이별 후에 숙폐공방 상사단, 계수나무 꺾었으니 낙수청운의 장원주, 가련금야 숙창가 옥빈홍안 가기주, 팽조와 동방삭이 오래 사는 수주, 만동묘 대보단에 만세불망명주, 만경창파 바람결에 번듯번듯 낭릉이며, 삼월방춘 좋을시고. 숭이숭이 화릉, 성자도 좋을시고.

세세 초장수 항라, 황국 단풍 구경 가세 소소금풍 추라, 천간 열을 세어 보니 그중 거수 갑사, 남월 북호를 머다 마소 주먹 쥐고 뒤줘사, 만물지리 무궁하니 천지대덕 생초, 상풍구월 축장포에 백곡등풍 숙초, 뭉게뭉게 구름 무늬, 두리두리 대접 무늬, 이견대인 용 무늬며, 낙서 짓던 거북 무늬요, 한수 춘색 포도 무늬, 용산 축신 국화 무늬, 팔작팔작 새발 무늬, 투덕투덕 말굽 무늬, 북포·저포·황저포·세목·중목·상목이며, 마포·문포·갈포 등물 꾸역꾸역 다 나오고, 온갖 보패 다 나온다.

금패·호박·밀화며, 산호·진주·청강석·유리·진옥·수만호·대모·서각·고래수염·사향·용뇌·우황이며, 용주·한충·이궁전이 꾸역꾸역 다 나오고 온갖 쇠가 다 나온다.

황금·적금·백동이며, 오동·주석·놋쇠며, 유납 구리·말근·짐생동·무쇠·시우쇠. 안방 세간 볼짝시면 삼 층 이 층 외층장, 오 홉 삼 홉 자들이 상자, 지롱·목롱·자개 함롱·두지장·앞닫이·흡합 경대·쌍룡 그린 빗접고비, 바느질 상자·반닫이·선반·횃대·장목비·큰 병풍·소 병풍 온갖 그림 황홀하고, 홑이

불·누비이불 각색 비단 좋을씨고. 화문 보료 우단 요와 녹전처네 원앙침을 한데 모아 놓고, 왜단 보로 덮었으며, 왕골 세석 쌍봉화문 홍수주로 꾸몄으며, 지도서로 꾸민 족자, 산호구에 거는 주렴, 방장·휘장 모기장과 순금 반상·천은 반상·놋쇠 반상·화기 반상·수저·주걱·국자며, 밥소래·놋동이·양푼·유할·탕기·쟁반·열구자·전골탄과 노기·냄비·대 화로며, 대양·요강·놋광명정·촛대 함께 놓았으며, 사랑 세간이 다 나왔다.

문갑·책상·왜각계수리·필연·퇴침·찬합 등물, 사서삼경 백가어를 가득가득 담은 책장, 오음 육률 묘한 재미 가지가지 풍류 기계, 흑각장궁 유엽전을 궁대 전통에 각기 넣고, 조총·철편·등채·환도·호반 기계가 좋구나. 금분에 매화 피고 옥황에 붕어 떴다.

요지반도 동정귤을 대모 접시에 담아 놓고, 감로수 천일주를 유리병에 넣었으며, 당판책 보아가다 안경 벗어 거기 놓고, 귤중선 두던 판에 바둑 그저 벌였구나.

풍로에 얹은 차관 불엔 내가 아직 일어나고, 필통 옆에 노인 부채는 흰 깃이 조촐하다. 질요강 침 타구와 담배 서랍 재떨이며, 오동 빨주리, 천은 수복 호박통, 각색 연통, 수락 화락 별각죽에 맵시 있게 맞추어서 댓 쌈이나 놓았으며, 부엌세간, 헛간 기물, 농사 연장, 길쌈 기계, 가지가지 다 나온다.

밥솥·국솥·대철이며, 가마·두명·쇠소댕·개수·구유·살강
발과 물항아리 뒤웅박이며, 소래·시루·항아리·소반·모반·
채반이며, 대소쿠리·나무 함지·나무 함박·솥솔·조리·쪽박이
며, 사기그릇·사푼때기·재고무래·부지깽이·부지땅·부엌비
며, 공석·멍석·맷방석·짚소쿠리·먹서리며, 삿갓·뉘역·접사
리·장기·따비·써레·발판·쟁이·가래·호미·살포·지게·도
끼·낫자루며, 벼훑이·갈퀴·도리깨·물레·돌껏·씨아·베틀 따
른 각색 기계, 빨래 방망이·다듬잇돌·홍두깨 방망이며, 심지어
뒷간가래 다른 나무 무겁다고 오동으로 정히 깎아 자주칠 곱게
하여 꾸역꾸역 다 나오니, 이러한 많은 기물 방 좁아 놓을 수 없고,
뜰 좁아 쌓을 수 없어, 스물다섯 자식 중에 둘은 어려 못 시키고,
스물세 명 데리고서 크나큰 동학에다 비단 따로 포목 따로 철
물 따로 목물 따로 보물 따로 기명 따로 환부 곡식 다발 짓듯 각
기각기 쌓아 놓으니, 적막한 산중이 불시에 종로되어, 육주비전
공상전과 마상전 박물판과 똑같이 되었구나.

홍부 아내가 그 안목에 전후 하나나 본 것이 있나. 그래도 가
장네는 서울도 갔다 오고, 병영도 다녀오고, 읍내 장에 다녔으
니 매우 박람한 줄 알고, 청옥단 통허리를 집어 들고 하는 말이,

"애겨, 그것 장히 좋소. 무명보단 광도 넓으이. 이렇게 긴 바디
를 어디서 얻었으며, 짜던 여인네는 팔뚝도 길던가 봐. 이 편으

로 북 던지고 이 편에서 제가 받아, 물은 우리 치마물, 청동인지 쪽물인지 청물이 채가 더 곱거든, 짜 가지고 들였을 텐데 반들반들한 데하고 어룽어룽한 데하고 빛이 어찌 같잖으니."

그 껄껄한 두 손으로 비단 무늬를 만지니 오죽이나 붙겠는가.

"애겨, 그것 이상하다. 손가락 아니 놓네."

홍부가 견문이 있어서 수가 터진 사람이면,

"선전의 시정들도 비단 짤 줄 모른다네, 거 어찌 알 것인가."

쉽게 대답하련마는 여편네에게 졸렬하게 비칠까 하여 본 것처럼 대답하기를,

"비단 짜는 여인네는 팔뚝이 훨씬 길지. 그렇기에 중국서는 며느리 선볼 적에 팔뚝을 먼저 보지. 물은 그게 청동물 청이 곱고 안 곱기는 잿물 넣기에 매였지. 웅얼웅얼한 것들은 물들여 가지고서 갖풀로 붙였기로 손가락이 딱딱 붙지."

홍부댁이 팍 속아서,

"애겨, 그렇거든 우리 부부 평생 의복 없어 한하다가 먼저 통에 밥 나와서 양대로 먹었더니, 다행히 이 통에서 옷감이 하도 많으니 각기 눈에 드는 대로 옷 한 벌씩 하여 입세."

"내 소견도 그러하네. 언제 바빠 옷 짓겠나. 우리의 식구대로 한 필씩 가지고서 위에서 아래까지 우선 휘감아 보세."

"그리할 일이오. 무슨 비단 가지고서 당신부터 감으시오."

"우리가 넉넉했다면 큰 자식을 성취시켜 전가를 벌써 하고, 건방으로 갈 터이니, 제 방위색 찾아 흑공단을 감으려네."

"나는 무슨 색을 감을까?"

"자네는 곤방 차지 흰 비단을 감을 테지."

"옛소. 백여우 같게, 붉은 비단 감을라네."

"딸이 없으니 아무렇게나 하소."

"큰 놈은 막 부득이 진방차지 청색이오, 그 남은 자식들은 제 소견에 좋은 대로 한 필씩 다 감아라."

흥부댁이 또 말하기를,

"저 두 말째 놈은 온필로 감어서는 숨 막혀 죽을 테니, 까치저고리 본보기로 각색 비단 찢어 내어 어깨에서 손목까지 잡아매어 드리우세."

"오, 좋으이. 그리하소."

흑공단을 한 필 빼어, 흥부 먼저 감을 적에, 상투에서 시작하여 뺨과 턱을 휘둘러서 목덜미 감은 후에, 왼 어깨에서 시작하여 손목까지 내려 감고, 도로 감아 올라와서 오른 어깨 손목까지 빈틈없이 감아 올라, 겨드랑이에서 불두덩에 차차 감아 내려와서, 두 다리 갈라 감고 두 발은 발감개하듯 디디고 썩 나섰다. 여인네와 자식들은 상투가 없으니까, 머리 동여 시작하여 똑같이 감은 후에 항렬 차례대로 뜰 가운데 늘어서니, 흥부 보고 재

담하기를,

"이게 어디 호사이냐, 늘어선 조를 보면 큰 마을 당산의 법수도 같고, 휘감아 놓은 품은 진상 가는 청대 죽물. 색으로 의논하면, 내 조는 까마귀. 아기 어멈 고추잠자리. 큰놈은 쇠새, 여러 놈은 꾀꼬리, 해오라기 새 한 떼가 늘어선 데, 저 두 말째 놈은 비단 장사 다니는 길에, 서낭당 나무로다."

온 집안이 크게 웃고, 흥부가 하는 말이,

"이번 호사를 다 했으니 이 통 하나마저 탑세."

흥부의 마누라가 박통을 타 갈수록 밥도 나오고 옷도 나오니 마음이 아주 좋아, 이 통을 또 타면 더 좋은 보물이 나을 줄로 속 재미가 부쩍 나서,

"이 통 탈 소리는 내 사설로 먹일 테니 집에서는 뒤만 맡소."

흥부가 추어,

"가화만사성이라니, 자네 저리 좋아하니 참기물 나오겠네. 어디 보세, 잘 메기소."

흥부댁이 메나리 목으로 제법 메겨,

"여보소 세상 사람, 나의 노래 들어 보소. 세상에 좋은 것이 부부밖에 또 있는가."

"어기여라 톱질이야."

"우리 부부 만난 후에 설운 고생 많이 했네. 여러 날 밥을 굶

고 엄동에 옷이 없어 신세를 생각하면 벌써 아니 죽었을까?"

"어기여라 톱질이야."

"가장 하나 못 잊어서 이때까지 살았더니, 천신이 감동하사 박통 속에 옷 밥 났네. 만복 좋은 우리 부부 호의호식 즐겨 보세."

"어기여라 톱질이야."

"한상에서 밥을 먹고, 한방에서 잠을 잘 때, 부자 서방 좋다 하고 욕심낼 년 많으리라. 암캐라도 얼른하면 내 솜씨에 결단 나지."

"어기여라 톱질이야."

슬근슬근 탁 타 놓으니, 천만뜻밖에 미인 하나가 아리따운 맵시를 하고 나오는데, 구름 같은 머리털로 낭자를 곱게 하여 쌍용새김 밀화 비녀 느직하게 찔렀으며, 매미 머리, 나비 눈썹, 추파 같은 모자, 고운 흑백이 분명하고, 연지 뺨, 앵두 순에 박씨 같은 고운 잇속, 뻘기 같은 두 손길, 세류 같은 가는 허리, 웅장 성식 금수 의상, 외씨같이 고운 발씨 보보 생련 나오는 양은 해당화가 조으는 듯, 모란화가 말하는 듯, 쇄옥성으로 묻는 말이,

"흥부 씨 댁이오?"

흥부가 깜짝 놀라서,

"이게 하도 괴이하여, 당치 않은 세간살이 그리도 많이 나올

적에 만단 의심하였더니 임자 아씨 오셨구나."

납작 엎드려 절을 하며,

"호, 좁은 박통 속에 평안히 오십니까? 이 세간 임자시면 모두 가져가옵시오. 쌀 서 말 여덟 되와 돈 석 냥 아홉 돈은 한 끼양식 반찬하였삽고, 몸에 감았던 비단까지 도로 풀어 놓았으니, 한 가지 것 속이오면 벗긴 개자식이오."

저 미인 대답하기를,

"놀라지 마옵시고 내 말씀 들으시오. 당 명황 천보간에 머리를 돌려 한 번 웃음에 백 가지 아름다움이 생기니, 여섯 궁중의 후궁들의 분대를 무색케 하던 양귀비를 모르시오? 어양의 북소리 천지를 진동하여 오니 서쪽으로 가옵다가 아름다운 양귀비가 말 앞에서 죽으니, 마외역에 죽은 향혼 천하에 주류하여 임자를 구하더니, 제비 편에 듣사온즉 흥부 씨 적선 행인 부자가 되었다니, 천자 서방 나는 싫으이. 육군 분발할 수 없데. 각선 강남의 부가옹 부자의 첩이 되어, 봄을 따라 밤을 새며 무궁 행락하여 보세."

흥부가 저의 가속 흑각 발톱 단목다리 이것만 보았다가 이런 일색 보아 놓으니 오죽이 좋겠는가. 손목을 덤벅 쥐다 깜짝 놀라 턱 놓으며,

"어디 그것 다루겠나, 살이 아니고 우무로다. 저러한 것 한참

좋을 제, 잔뜩 안고 채면 뭉게질 텐데 어찌할까."

서로 보며 농탕치니, 흥부의 마누라가 좋은 보물 나오라고 소리까지 먹인 것이 못 볼 꼴을 보았구나. 부정 탄 손님같이 불시에 틀려서, 손가락을 입에 넣고 고개를 외로 틀고 뒤로 돌아 앉으면서,

"저것들 지랄하지. 박통 속에서 나온 세간 뉘 것인 줄 채 모르고 양귀비와 농탕치는고. 당 명황은 천자로되 양귀비에게 정신 놓아 망국을 했다는데, 박통 세간이 무엇이냐. 나는 열 끼 곧 굶어도 시앗 꼴은 못 보겠다. 나는 지금 곧 나가니 양귀비와 잘 살아라."

흥부가 가난하여 계집 손에 얻어먹어 가장 값을 못 했으니 호령이나 할 수 있나. 곧 빌기를,

"여보소, 아기 어멈. 이것이 웬일인가. 자네 방에 열흘 자면 첩의 방에 하루 자지. 그렇다고 양귀비가 나 같은 사람 보려고 만리타국 나왔으니, 도로 쫓아 보내겠나."

처첩하고 수작할 때, 박통 속이 우근우근 무수한 사람이 꾸역꾸역 나오는데, 남녀 종이 백여 구, 석수·목수·와수·토수 각색 장인 수백 명이 각기 연장 짊어지고, 돌과 나무, 기와 등물 수레에 싣고, 썰매에 싣고, 소에 싣고, 말에 싣고, 지게로 지고, 떼비로 메고, 줄로 끌며, 지레로 밀며, 방아타령, 산타령에 굿 치며

나오는데, 이런 야단이 또 있는가.

마른 담배 서너 댓참을 뚝딱뚝딱 서두르니 기와집 수천 간을 동학이 그득하게 경각에 지어 놓고 모두 다 간데없다.

흥부가 살살 둘러보니 강남 사람 재주는 참으로 이상하여 벽 붙인 그 진흙을 어느 겨를에 다 말리고 도배까지 하였구나. 원채에 본처 두고, 별당에 양귀비요, 안팎 사랑 십여 채며 사면행랑에 노속이오, 사랑을 굽어보면 좌상에 손님이 가득 차고, 사죽이 낭자하며 시부로 소일하고, 곳간마다 열고 보면 전곡이 가득가득, 남은 곡식 노적하고, 흥부는 심심하면 양귀비 데리고 후원에 화초 구경, 옥난간 밝은 달에 둘이 마주 빗겨 앉아 예상우의곡을 한가하게 의논하니, 이러한 지상 신선이 어디에 또 있겠는가.

흥부가 졸부 되었다는 말이 사면에 퍼져 가니, 놀부 듣고 생각하여,

'그것 모두 뺏어다가 부익부를 하면 좋되 이놈이 잘 안 주면 어떻게 처리할 건고. 만일 아니 주걸랑은 흥부가 부자로서 제 형을 박대한다고 몹쓸 아전 뒤를 대어 영문 염문 적어 주고, 출패를 돈 백 먹여 향중에 통분 내고, 도회까지 붙이면 이놈의 살림살이 단번에 떨어 엎지.'

흥부가 사는 동네를 급히 물어 찾아가니, 고루거각 오간팔작

벌집같이 빽빽하며 천문만호 즐비하고 웅장했다. 대문을 여럿 지나 안사랑 앞에 이르니, 흥부가 제 형을 보고 버선발로 내려와서 공손히 절을 하고 반기어 하는 말이,

"형님이 오십니까. 어서 올라가사이다."

방으로 들어가서 상좌에 앉힌 후에 흥부가 두 손 잡고 고개를 숙이고서 조용히 사죄한다.

"박복한 이놈 신세가 자분필사하였더니, 선영의 음덕이며 형님의 덕택으로 부자가 되었기에, 자식들을 데리고서 형님 댁에 건너가서 형님을 뵈온 후에, 형님을 모시옵고 선산에 성묘하자고 날짜를 받았더니, 형님 먼저 오셨으니 하정에 황송합니다."

놀부의 하는 어조는 좋게 하는 말이라도 남을 잡아 뜯어,

"저러한 부자들이 우리같이 가난한 놈 찾아오기 쉽겠는가. 어찌하여 부자 된고?"

흥부가 제비 살려 박씨를 얻어 부자가 된 내력을 종두지미 다 고하고,

"한 퇴지는 취식 강남이라 하더니 나는 좌식 강남이오. 밥이나 옷이나 기명이 다 강남 것이오."

놀부 바로 가기로 들어,

"내가 집에 일 많은데 부득이 나왔더니 어서 가야 하겠고."

흥부가 만류하려,

"안으로 들어가서 처자나 보옵시고 무엇 조금 잡수어야 돌아가시는 채비를 하시지요."

놀부가 어서 가서 제비를 청할 터이나 양귀비 구경키로 흥부 따라 들어가니, 제수 나서 영접하여, 이놈이 양귀비 찾느라고 눈을 휘휘 내둘러 수숙이 절한 후에 제수 먼저 문후하여,

"아주버님 뵈온 지가 여러 해 되었으니 기체 안녕하십니까?"

놀부 놈의 평생 행세로 제수 보기를 종같이 하여 아주머니는 고사하고 하오도 안 했더니, 오늘은 전과 달라 앉은 방, 차린 의복, 새눈이 왈칵 띄어 홀대를 하여서는 탈이 정녕 날 듯하고, 경대를 하자 하니 혀가 아니 돌아가서 매운 것 먹은 듯이 입을 불며 얼버무려,

"허, 평안하오."

흥부가 종을 불러,

"도련님네 계시느냐? 들어들 와 뵈오래라."

이것들이 멍석 구멍에 근본 길이 들었구나. 세 줄로 늘어 엎드리어 절하고 꿇어앉으니, 소위 백부 되는 놈이, '모시고들 잘 있더냐?' 하든지, '선영의 음덕이다. 좀들 잘 생겼느냐.' 하든지 할 말이 좀 많은데, 저 때려 죽일 놈이 흥부를 돌아보며,

"너 닮은 놈 몇 되느냐?"

흥부 부처 넓은 소견에 개 같은 놈 탓하겠는가. 묵묵히 말이

없었다. 자식들 나간 후에 또 종 불러,

"이리 오너라."

이것들이 강남서 나왔기로 아주 열쇠같이 재빠르지.

"예."

"강남 아씨 여쭈어라."

갑자기 미인 하나가 들어오는데, 당 명황 같은 풍류 천자도 정신을 놓았는데, 놀부 같은 상놈 눈에 오죽이나 놀라겠나. 보더니 턱을 채고 일어서 절 받기를 큰 제수에 비하면 갑절이나 공순하다.

양귀비 거동 보소. 옥수를 땅에 짚고 청산 눈썹 나직하고, 앵도순 반개하여 옥쟁반에 구슬이 떨어지는 목소리로 문후를 하는데,

"먼 데 살고 천한 몸이 이 댁 문하에 의탁한 지 오래지 않삽기로 처음 문안드립니다."

놀부 놈이 제 생전에 처음 보는 미색이요, 처음 듣는 옥음이라, 넉넉잖은 제 언사에 어찌 대답할 수 없고, 떡 들입다 안고 싶어 정신을 놓았구나. 벌벌 떨며 대답하기를,

"오시는 줄 알았다면 내가 와서 박 타지오."

앵무 같은 아이 종이 주물상을 올리는데, 소반 기명의 음식 등물은 생전에 못 보던 것. 형제가 함께 상을 받고, 종년이 옆에

앉아 술을 연해 권하는데, 놀부가 좋은 술을 십여 배 먹어 놓으니 취중에 광증이 나서, 참다가 못 견디어 양귀비 고운 손목 색들입다 쥐면서,

"술 한 잔 잡수시오."

다른 계집 같으면 뺨을 치며 욕을 하며 오죽 야단났겠는가. 안색이 천연하여 좋게 대답하는 말이,

"왜, 내가 물에 빠져요?"

놀부 놈이 깜짝 놀라 손목을 썩 놓으며,

"일색뿐 아니시라 《맹자》도 많이 읽었구나."

양귀비가 일어나서 안으로 들어가니, 흥부 마누라가 그 뒤를 따라가는구나.

놀부 놈이 무안하여 술상을 물리고서 무슨 심사를 부리자고 사면을 살펴보니, 좋은 비단 붉은 보로 이불을 덮었는데, 일어서서 쑥 빼내어 청동화로 백탄 불에 부비어 던지면서 분담을 하는 말이,

"계집년은 내외하여 안으로 가려니와, 이불도 내외하나?"

비단이 불에 붙더니 재가 되기는커녕, 빛이 더욱 고와 갔다.

놀부가 묻기를,

"그게 무슨 비단이냐."

"화한단이오. 불쥐털로 짠 것이라 불에 타면 더 곱지요."

"이애, 그것 날 다오."

"그리 하옵지요."

"또 무엇을 가져갈꼬. 네 그 첫 통 속에 쌀 들고 돈 들었던 궤를 둘 다 주려느냐?"

"부자 된 밑천이니, 둘 다 어찌 드리겠어요. 하나씩 나눕시다. 어떤 것 가지시려우?"

"돈궤를 가질란다."

"그리하옵시요. 또 무엇이 생각 있소?"

"다 주면 좋건마는 내가 바삐 가야겠기로 그것만 가져가니, 다시 생각나는 대로 연해 와서 가져가지. 내가 번번이 올 수 없으니 기별을 하는 대로 칭탁 말고 보내어라."

"그리하오리다."

벼루집 같은 궤를 화한단 보에 싸서 제 손수 옆에 끼고 제 집으로 급히 가서, 문 안에 들어서며 종을 불러 하는 말이,

"짚 댓 뭇 급히 취하여, 돈꿰미 한 천 발을 어서어서 꼬아 와라."

안으로 들어가서 제 계집에게 자랑하여,

"여보소, 흥부 놈이 참 부자 되었거든. 그놈의 세간 밑천 내가 여기 뺏어 왔네."

화한단 보를 풀며,

"이것은 불에 타면 더 고운 것이라네."

돈궤를 내놓으며,

"이것은 돈이 생겨 부어 내면 또 생기지."

궤문을 열어 놓으니 돈은 난정돈, 몸뚱이는 예전 돈 뀐 듯, 구부려 누운 길이 넉 냥 아홉 돈만 한 싯누런 구렁이가 고개를 꼿꼿 들고 긴 혀를 널름널름했다.

놀부 부처가 대경하여 궤문을 급히 닫고 노속을 바삐 불러,

"이것을 갖다가서 문 열어 보지 말고 짚불에 바로 살라라."

놀부 계집이 말리기를,

"애겨, 그것 태우지 맙소. 인제 그런 흉한 것들이 돈 나는 궤 주었다고 자세하면 어찌하게. 구렁이 쌌던 보를 두어서 무엇 하게. 그 보로 도로 싸서 급히 보내시오."

놀부가 추어,

"자네 말이 똑 옳으네."

사환을 급히 시켜 흥부집에 환송하니, 흥부 받아 열고 보니 구렁이는 웬 구렁이, 돈이 하나 가득하지. 제 복이 아니며는 할 수 없는 법이었다.

욕심 없는 놀부 놈이 제비를 청하려고 차비를 장만할 때 이런 야단이 없었다.

신 잘 삼는 사람들을 십여 명 골라다가 매일 서 돈 품삯에, 삼

시 먹고 술 담배 착실히 대접하고, 외양간 더그매에 신 삼을 찰 벼짚을 여남은 짐 내어놓고, 제비받개 수백 개를 밤낮으로 결어 내어, 안채·사랑·행랑이며, 곳간·사당·뒷간채에 앞뒤 처마 다 지르고, 제 대가리 상투 밑에 풍잠을 지른 모양으로 앞뒤로 갈 라 꽂고 제비 몰러 나갈 적에, 서리 맞은 잎이 월의 꽃보다 붉은 한산의 들길을 올라가고, 눈 개고 구름도 흩어진 북풍이 찬 초 나라 오나라 산을 다 찾았지만 제비 소식은 알 수 없다.

놀부가 제비에게 상사병이 달려들어, 길짐승은 족제비를 사 랑하고, 마른 그릇은 모제비만 사고, 음식은 칼제비 수제비만 하여 먹고, 종이 보면 간제비를 접고, 화가 나면 목제비를 하는 구나.

그렁저렁 겨울 지나 정월 이월 삼월 되니, 강남서 오는 제비 각 집을 날아들 제, 신수 불길한 제비 한 쌍이 놀부 집에 들어가 니, 놀부가 제비를 보고 집짓기에 수고한다. 제가 손수 흙을 이 겨 메주덩이만 하게 뭉쳐 처마 안에 집을 짓고, 검불을 많이 긁 어 외양간 짚 깔듯이 담뿍 넣어 주었더니, 미친 제비 아니며는 게다 알을 낳겠느냐. 집을 잘못 들어 알 여섯을 낳았더니, 마음 바쁜 놀부 놈이 삼시로 만져 보아, 다섯은 곯고 하나만 까서 날 기 공부를 익힐 때에, 성질이 모진 놀부 소견에 구렁이가 먹으 려 할 때 쫓았으면 저리되었을까. 축문을 지어 제사하여도 구렁이가 오지 않아, 대발 틈에 다리 부러지면 제가 동여 살려 줄까, 밤낮으로 축수하여도 떨어지지 아니하여, 날기 공부하느라고 제 집 가에 발붙이고 날개를 발발 떨면 놀부 놈이 밑에 앉아,

"떨어지소, 떨어지소."

두 손 싹싹 비비어도 종시 떨어지지 않았다.

그렁저렁 점점 커서 날아가게 되었는데 놀부가 실패하자 제비 절로 다리 부러지기를 기다리면 놓치기 염려되니, 울려 놓고 달래리라.

제비집에 손을 넣어 제비 새끼 잡아내어 연약한 두 다리를 무릎 대고 자끈 꺾어 마룻바닥에 선뜻 놓고, 천연히 모르는 체 뒷짐 지고 걸으면서 목소리 크게 내어 풍월을 읊는 것이었다.

"황성에 허조 벽산월이오, 고목은 진입창오운."

안으로 돌아서며 제비 새끼 얼른 보고, 생침 맞는 된목으로 제 계집을 급히 불러,

"여보소, 아기 어멈. 내가 아까 글 읊노라 미처 보지 못했더니, 제비 새끼 떨어져서 다리가 부러졌으니 불쌍하여 보겠는가. 어서 감아 살려 주세."

저 몹쓸 놀부 놈이 제비 다리 감으려 할 때, 흥부보다 더 잘한다고 대민어 껍질 벗겨 세 겹을 거듭 싸고, 당사실은 가늘다고 당팔사 주머니 끈으로 단단히 동인 후에 제 집에 도로 넣고, 행

여나 찬바람 쐴까 섶 두텁고 큰 포대기를 서너 겹 둘렀더니, 놀부를 망하게 할 제비기에 죽을 리가 있겠느냐.

십여 일이 지나 부러진 다리가 완합하여 비거비래 출입하더니, 연지사일 사소거, 강남으로 들어갈 때, 놀부가 부탁하여,

"여봐라, 내 제비야. 딱 죽을 네 목숨을 내 재주로 살렸으니, 아무리 짐승인들 재생지덕 잊을 리 없지. 흥부의 은혜 갚은 제비가 세 통 박씨를 주었으니, 너는 갑절 더 보태어 여섯 통 열릴 박씨를 부디 수이 물고 오너라. 삼월까지 있지 말고, 과세 즉시로 발행하여 정월 보름 안에 당도하면 기다리기 괴롭잖고 오죽이나 좋겠느냐."

저 제비가 들어가서 놀부의 전후 내력을 장수 전에 고한 후에 박씨 하나 얻어 두고 명춘 삼월 기다릴 때, 이때에 놀부 놈은 정월 보름에 제비 올까 앉은뱅이 삯군 얻어 강남 급주도 보내 보고, 안질 난 놈 비싼 삯을 주어 제비 오는 망을 보아, 제비에게 드는 돈은 아끼지 않고 써 낼 때, 그렁저렁 삼월 되어 지붕 위에 오락가락 하는 제비가 놀부 집에 다시 오니, 놀부가 아주 반겨,

"반갑다, 제비야. 어디 갔다 인제 왔나. 김천 씨 새에게 벼슬을 내렸으니, 벼슬하러 네 갔더냐. 상고의 유소 씨가 나무로 집을 세웠으니, 그것 배우러 네가 갔더냐. 오의(烏衣) 옛 거리에 지는 해 빗기었다. 왕사당전에 네 갔더냐. 얼마나 많은 홍분이 진흙

으로 쌓였으랴, 미앙궁전 네 갔더냐. 어이 그리 더디 와서 내 간
장을 다 녹이느냐. 박씨 물어 왔거들랑 어서 급히 나를 다오.”

손바닥을 떡 벌리니 저 제비의 거동 보소. 물었던 박씨 하나
를 놀부 손에 떨어뜨리고 두 날개 편편하여 돌아도 아니 보고
백운 간에 날아가니, 놀부 좋아 춤을 추며,

“얼씨구나, 좋을씨고. 부익부를 하겠구나.”

저의 가속을 급히 불러 박씨를 주며 자랑한다. 놀부 가속이
박씨를 보고,

“애겨 이것 내버리소. 갚을 보(報) 자, 원수 구(仇) 자, 바람 풍
(風) 자 쓰였으니, 원수 갚을 바람이니 어디 그것 쓰겠어요.”

놀부가 대답하기를,

“자네가 어찌 알아. 원수 구라 하는 글자 군자호구란 짝 구
(逑) 자와 통용하니 어떠한 미인으로 내 짝 갚는다는 말이로세.”

놀부 가속이 들어 보니 이런 죽을 말이 있나. 못 할말을 연해
하여,

“만일 그러하다면 바람 풍자는 웬일인가.”

“바람 풍자는 더 좋지. 태호 복희씨는 풍(風) 자 성으로 왕 하
시고, 순임금은 오현금으로 〈남풍시〉를 노래하고, 문왕 무왕은
장한 덕화로 태평한 시대를 만들었으며, 주공은 성인이라 〈빈
풍시〉를 지으시고, 한태조는 수수풍, 광무황제는 곤양풍, 와룡

선생은 적벽풍, 대풍이 세 번 한나라를 도왔으니 장하다 하려니와, 백이숙제 고절풍, 엄자릉의 선생풍, 도정절의 북창풍이 만고에 맑았으니, 그도 아니 좋을쏜가. 우리도 이 박을 심어 솔솔 부는 봄바람에 입묘하여 사월 남풍 점점 자라, 우순풍조 호시절에 꽃이 피고 박이 열려, 팔월고풍 따서 켜면 보물이 풍풍 나와 집안이 풍덩풍덩, 근래 풍속 좋은 호사 갑사 풍차 금패 풍잠 학슬 풍안경을 떡 고이고, 은 장식한 백마 높이 타고 봄바람에 달려, 풍호무운하여 보고, 구름은 엷고 바람 가벼운데 오천이 가까운 데에 방화수류하여 보고, 풍류스런 사람 좋은 팔자 밤낮 풍악으로 지낼 적에, 네 귀에 풍경 단 집 방 안에 병풍 치고, 풍로에 차관 얹고, 풍석 없는 자네 배를 선풍도골 내가 타고, 풍편에 가끔 들리는 방아 찧는 소리 풍풍 찧었으면 경수에 바람은 없는데 물결 스스로 일어나 잘금잘금 날 것이니, 그만하면 풍족하지 잔말 말고 심어 보세."

책력을 펴 놓고 씨 뿌릴 날 가려내어 사당 앞을 급히 파고 못자리 할 거름을 모두 게다 퍼 쟁이고, 단단히 심었더니, 아침에 심은 것이 오후가 겨우 되어 솟아난 큰 박순이 수종 난 놈 다리만큼 자라났다. 놀부 아내 깜짝 놀라,

"여보시오, 아기 아버지 이것을 급히 빼 버리시오. 은나라의 나쁜 조짐으로, 아침에 났던 것이 저녁 때 큰 아람 져서, 요물이

라 하였으니, 이것이 정녕 재변이요."

놀부가 장담하여,

"나물이 되려는 것은 떡잎부터 알 것이니, 네다섯 달이 지나가면 억만금 세간살이 그 넝쿨에 날 터이니 일찍 아니 잡아 쥐지 않겠나."

이 박의 크는 법이 달마다 갑절씩이 더럭더럭 크는구나. 옆에서 순이 나고 순이 나고, 한 순이 커지기를 한 아름이 넘는구나. 어딘가 턱 걸치면 모두 다 무너질 때 사당에 걸치더니 사당이 무너져 신주가 깨어지고, 곳간에 걸치더니 곳간이 무너지고, 온 동네 집집마다 부지불각 턱 걸치면 무너지고 무너지고, 무너지면 값을 물고 무너지면 값을 물어, 그렁저렁 이렇게 든 돈이 삼사천 냥 넘었으니, 놀부가 벌써부터 박의 해를 보는구나.

꽃이 피어 박 맺을 때에, 첫 번 바로 북통만씩, 십여 일이 지나더니 나루에 거루만하고, 한 달이 되더니 조창 세곡선만 하고, 여섯 통이 열렸거든 놀부가 좋아하며 가리키며 국량하여,

"저 통 색이 노란 수가 속에 정녕 금이 들었지. 황금 적금이라니 은도 누르겠다. 어느 통에 미인이 있노, 그 통을 똑 알면 포장으로 둘러 두게."

한참 이리 걱정할 때, 허망이라 하는 놈이 성명을 듣고 행사보면 이름이 헛되지 않음을 알겠구나. 동네 사람 앉으며는 놀부

공론하는구나.

"놀부같이 약은 놈이 박에다가 쓰는 돈은 아끼지 않고 써 내니, 무슨 꾀로 돈 천이나 쓰게 할꼬."

허망이가 장담하여,

"나밖에 할 이 없지."

하고, 놀부 집에 건너가서,

"여보소 놀부 씨, 박통 일을 알 수 없어 걱정을 하신다니 나를 어이 안 찾는가?"

놀부가 반겨 물어,

"자네가 알겠는가?"

허망이 대답하기를,

"모수가 자천하는 말을 남은 암만 웃더라도 노형이야 속이겠나. 값 정하여 주었다가 박 타 보아 안 맞거든 그 돈 도로 찾아가소."

"그리하기로 하세."

맞추면 천 냥 절가, 삼백 냥 선금 내시고 박속의 일을 알려 할 때, 허망이가 지닌 재주는 오행으로 점을 치는 복구분법이었다.

박통 노인 묏자리 복구분법으로 보아가니, 신통히 맞추거든. 첫 통 보고 하는 말이,

"모두 다 생금인데 누가 가져갈까 노인 한 분이 수직한다."

둘째 통을 한참 보다가,

"사람이 많이 들었구나."

놀부가 옆에 앉아 손수 장담하는 것이 더 우스웠다.

"집 지을 장인들과 종들이 들었나 보이."

셋째 통 또 보더니,

"애겨 계집이 많이 있다."

"서시가 나오는데 계집종들 따라오나."

넷째 통을 또 보더니,

"풍류 기계가 많이 있다."

"내가 두고 행락하라고."

다섯째 통 가리키며,

"그 가마 아주 길다."

"나하고 서시 둘이 타라고."

여섯째 통 가리키며,

"그 말 아주 좋다."

"타고도 다닐 테요. 밧줄 늘여 매어 두지."

"대강 볼지라도 들 것 다 들었으니 어서 타고 보는 수일세."

책력을 펴 놓고 길일을 가려내어 박통을 타려 할 때, 섬 술 빚고, 섬 밥 짓고, 소 잡히고, 개 잡혀서 음식을 차린 후에, 팔 힘 세고 소리 좋은 건장한 역꾼들을 질끈 먹고 댓 냥 삯에 삼십 명을 얻어다가 생금통 먼저 탈 때, 놀부가 좋아하며 제가 소리 메기는데, 똑 금이 나올 줄로 알고 금으로 메긴다.

"여보소 세상 사람 금 내력 들어 보소. 운남성 여수에 생겨나고, 흙 속에 묻히어서 전국 논객 소진은 구변으로 많이 얻어 실어 오고, 곽거는 효성으로 묻힌 황금 솥을 파내었네."

"어기여라 톱질이야."

"오행의 가운데요, 팔음의 머리로다. 범아부를 이간시키기로 진평은 흩었는데, 고인이 주는 것을 양진은 어이 마다했는고."

"어기여라 톱질이야."

"나는 제비 살렸더니 금 박통씨 얻었으니, 이 통을 어서 타서 금이 많이 나오며는 석숭을 부러워할까. 이 동네가 금록되리."

"어기여라 톱질이야."

"서시와 왕소군을 앉히도록 황금 집을 지어 볼까. 자류 청총 말을 달리게 황금채찍을 만들고저."

"어기여라 톱질이야."

슬근슬근 타니 박통 속에서 우군우군 글 읽는 소리가 난다.

"맹자 견양혜왕 하신대 왕왈 수불원천리 이래하시니 역장유이리 오국호잇까? 마상에 봉한식하니 도중에 늦은 봄을 보내는구나. 가련 놀부 망하니, 상전이라 할 자가 뵈지를 않는구나?"

놀부가 듣고 하는 말이,

"어디 그게 박속이냐? 정녕한 서당이지. 글귀는 당음인데, 강포가 놀부 되고, 낙교가 상전 되려 그것은 웬일인고."

한참 의심하는 중에 박통 문을 반만 열고 노인 한 사람이 나오는데, 차린 복색이 제법이었다. 헐고 헌 체뿔관에 빈대 알이 따닥따닥 붙고, 생마포 적삼 위에 개가죽 묵은 배자가 무릎 아래 털렁털렁하고, 구멍 뻥뻥 헌 중치막은 아랫단에 황토 묻고, 대대로 물려받은 묵은 바지는 오줌 싸서 얼룩지고, 석 자가웃홀 베 주머니는 일가산을 넣어 차고, 따닥따닥 기운 버선 네날 초혜 들메 신고, 곱돌 조대 중동 쥐고 개털 부채로 얼굴 가리고, 놀부의 안방으로 제 집같이 들어가니, 놀부가 보고 장담하여,

"흥부는 첫 통 탈 때 동자가 왔다더니, 내 박은 첫 통에서 노인이 나오더니 그로만 볼지라도 관동지분이 있고, 저 주머니 속에 든 게 모두 다 선약이지."

바삐바삐 따라가서 자세히 살펴보니, 토깽이 같은 낯에 빈대 코가 맵시 있다. 뱁새 눈 병어 입에 목소리는 아주 커서,

"이놈 놀부야, 옛 상전을 모르느냐? 네 할아비 덜렁쇠, 네 할미 허튼덕이, 네 아비 껄덕 놈이, 네 어미 허천례, 다 모두 댁 종이라. 병자 팔월에 과거 보러 서울 가고, 댁 사랑이 비었을 때 성질이 흉악한 네 아비놈이 가산 모두 도적하여 부지거처 도망하니 여러 해를 탐지하되, 종적 아직 모르더니 조선 왔던 제비 편

에 자세히 들어 보니 너희 놈들 이곳에 있어 부자로 산다기로, 불원천리하고 나왔으니 네 처자, 네 세간을 박통 속에 급히 담아 강남 가서 고공살이를 하라.”

놀부가 들어 보니 정신이 캄캄하여 아무렇게도 할 수가 없었다. 아니라 하자 한들 삼대나 되었으니 증인 설 사람이 없고, 싸워나 보자 해도 이 양반 생긴 것이 불에 넣어도 안 타게 생긴 데다, 송사를 하자 하니 좋지 않은 그 근본을 읍촌이 다 알 것이니, 어찌하면 무사할까. 저 혼자 궁리할 때, 저 양반의 호령 소리가 갈수록 무서웠다.

“이놈 놀부야, 옛 상전이 와 계신데 네 계집, 네 자식이 문안을 아니하니 이런 변이 있단 말이냐. 이리 오너라.”

박통 속이 관문같이,

“예.”

범강·장달·허저 같은 힘세고 무섭게 생긴 여러 놈이 몽치를 들고, 올바를 들고 꾸역꾸역 퍼 나오니, 놀부가 이 광경을 보니 죽을밖에 수가 없어서 엎디어 애걸한다.

“여보시오, 상전님, 이 동네가 반촌이오. 아비의 가세 부요키로 관을 쓰고 지내오니 이 고을 통경 내에 모모한 양반 댁이 다 모두 사돈이오. 이 소문이 나게 되면 소인은 고사하고 그 양반들 우세오니, 자라는 초록목 꺾지 않는다는 말을 생각하여 아무 말씀 마옵시고 속전으로 바치옵게 속량하여 주옵소서."

"그 사이에 여러 십 년 네놈의 아비 어미, 네놈과 계집자식 고 공살이 아니하였으니 공돈은 어찌할꼬?"

"분부대로 하오리다."

"네놈 죄상을 생각하면 기어이 잡아다가 주야 악역 시키면서 만일 조금만 잘못하면 초당 앞의 말말뚝에 거꾸로 매달고 대추나무 방망이로 두 발목 복숭아뼈 꽝꽝 때려 가며 부려 먹자 하였더니, 네 말이 그러하니 또한 사람으로 좋게 대접하지. 공돈 속돈 바칠 테면 지체 말고 썩 들여라."

놀부가 물어,

"몇 냥이나 바치올지."

"너만한 놈을 데리고서 돈 다소를 다투겠나."

조그마한 주머니를 허리에서 끌러 주며,

"아무 것이든지 여기만 채워 오라."

놀부 놈이 제 소견에 저 양반 저 억지에 많이 달라 하게 되면 이일을 어찌 할꼬, 잔뜩 염려하였다가, 이 주머니 채우자면 얼마 아니들겠거든, 아주 좋아 못 견디어,

"그리하오리다."

주머니를 가지고서 제 방으로 들어가서 돈 열 냥을 풀어 놓고, 한 줌 넣고 두 줌 넣어 열 줌이 넘어가되 아무 동정도 없었

다. 푼돈이라 그러한가. 양돈으로 넣어 보아, 닷 냥 열 냥 스무 냥을 암만 넣어도 간데없다. 묶음으로 넣어 볼까, 스무 냥씩 묶은 묶음, 백 묶음이 넘어가도 형적이 없다. 이 주머니 생긴 품이 무엇을 넣으려 하면 주둥이를 떡 벌려서 산덩이도 들어갈 듯, 넣고 보면 딱 오무려 전과 도로 같아진다.

"어허 이것 어찌할꼬."

돈 천 냥 잠근 궤를 궤째 모두 밀어 넣어도 어디 갔는지 알 수 없다. 이대로 하다가는 묵은 상전 고사하고 자신을 팔아 버려 새 상전 생기겠다.

부피가 많기로 곡식을 넣어 보자. 쌀 백 석을 넣어 보아, 이백 석 삼백 석을 곧 넣어도 그만이라. 벼 천 석 쌓은 노적 나무벼늘, 짚벼늘, 심지어 뒷간 거름 모두 쓸어 넣어도 발심도 아니한다.

놀부가 겁을 내어 주머니를 들고 보아,

"이게 어디 구멍 났나?"

혼솔 밑을 보아도 가죽으로 만든 것이 바늘 찌를 틈이 없다.

"애겨 이것 어찌할꼬. 사람 죽일 것이구나."

주머니를 가지고서 양반 앞에 다시 빌어,

"여보시오, 상전님, 이게 무슨 주머니오?"

"네 이놈, 왜 묻느냐?"

"아무것이라도 들어가면 간데없소."

"에라, 이놈 간사하다. 그럴 리가 왜 있으리. 조그마한 주머니를 채워 오라 하였더니, 아무것도 아니 넣고 이 소리가 웬 소린고. 이리 오너라. 네 저놈 매를 때려라."

놀부가 황급하여 애절히 빌었다.

"비옵니다. 상전님 덕택에 살려 주세요. 공돈 속돈 또 바치지, 이 주머니는 채울 수 없소."

"네 원이 그러하면 네 할아비, 네 할미, 네 아비, 네 어미, 네 아들, 네 딸년, 네놈까지 일곱 식구, 매 식구에 일천 냥씩 칠천 냥을 바쳐라. 만일 잔말 하였다가는 네놈 여기 넣으리라."

주머니 떡 벌리니 놀부가 황겁하여 칠천 냥 또 바치니, 저 양반이 그 돈을 받아 주머니에 들어치니 경각에 간데없다. 놀부가 속량 터니 상전이라 아니하고 생원으로 부르겠다.

"여보시오, 생원님. 이왕 끝난 일이니 주머니 이름이나 가르쳐 주옵소서."

속였던 저 양반이 억을 것을 다 먹더니 마음이 낙락하여 말씨를 좋게 하여,

"이 주머니가 능천낭이다. 천지개벽한 연후에 불충 불효하는 놈들 도덕도 의리도 없이 모은 재물 뺏어 오는 주머니다."

"누구누구 것 뺏어 왔소?"

"어찌 다 말하겠나? 한나라 양기의 세간은 한 편 귀도 못 차

더라.”

“그 세간은 얼마나 되더라우?”

“돈만 해도 삼십여 만만이지. 당나라 원재의 세간도 한 편 귀
도 못차더라.”

“그 세간은 얼마나 되더라우?”

“호초만 하여도 팔천 석이야.”

“그렇게 뺏어다가 다 어디 써 계시오?”

“임금에게 충성하고, 부모에게 효도하고, 형제간에 우애하
고, 친구 구제하는 사람, 형세가 가난하면 이 재물 나눠 주어 부
자되게 하였지. 그것도 조선 땅이지, 박흥부라 하는 사람 마음
이 인자하고, 형제간에 우애하되, 형세가 가난키로 이 주머니
있는 세간 절반 남아 보냈지야.”

놀부 평생의 성질이, 다른 사람 하는 말은 기어이 뒤받겠다.

“만일 그러할 양이면 안자 같은 아성인이 단표누항하였으며,
동소남의 하늘이 낸 효도로도 숙수공양 못하오니 주머니에 있
는 세간 왜 아니 보내었소?”

“그럴 리가 있겠느냐. 많이 많이 보냈더니, 염결하신 그 어른
들 무명지물이라고 다 아니 받더구나. 누가 허물없으리오. 고치
면 귀할 테니 너도 이번에 개과하여 형제간 우애하고, 인근에
화목하면 이 재물 더 보태어 도로 갖다 줄 것이요, 그렇지 아니

하면 한 장 설 때 한 번씩을 큰 비가 올지라도 우장 쓰고 올 것이니 지질하게 알지 말라."

당하에 내려가더니 갑자기 간데없었다. 박을 타던 역군들이 이 꼴을 보아 놓으니 무색이 막심하여 다시 탈 흥이 없어 각각 집으로 돌아가려 하니 놀부가 만류하여,

"아까 왔던 그 노인이 상전인 게 아니라, 은금이 변화하여 내 지기를 받자 하니, 만일 중지하여서는 저 다섯 통에 있는 보화를 흥부 갖다 줄 것이니, 대명당을 쓰려 하면 초년패가 꼭 있나니 무안해하지 말고 어서어서 톱질하소."

놀부가 설 소리를 또 메기면서 부자만을 원하것다.

"어기여라 톱질이야."

"인간의 좋은 것이 부자밖에 또 있느냐. 요임금은 어찌하여 일이 많다고 마다하시고, 맹자는 어찌하야 불인하면 된다 하셨는고. 다사해도 나는 좋고 불인해도 내사 좋으이."

"어기여라 톱질이야."

"월나라 범여가 부자 된 것은 그 스승 계연의 남은 꾀요, 전국시대 백규의 치산하기 손오의 병법이라. 재물이 없으며는 잘난 사람 쓸데없네."

"어기여라 톱질이야."

"공자 같은 대성인도 자공이 아니며는 철환을 천하 어찌하

며, 한 태조 영웅이나 소하 곧 아니면 통일천하 할 수 있나."

"어기여라 톱질이야."

"배금문입자달에 임금도 사랑하고, 일백금전편반혼 귀신도 안 무서워."

"어기여라 톱질이야."

"이 통을 어서 타서 좋은 보물 다 나오면, 부익부 이내 형세 무궁 행락하여 보세."

슬근슬근 거진 타니 피채 꿰미가 박통 밖으로 빼족 내밀었다.

놀부가 보고 좋아하며,

"애겨 이것 돈꿰미."

쑥 잡아 빼어 놓으니 줄봉사 오륙백 명이 그 줄을 서로 잡고 꾸역꾸역 나오더니, 그 뒤에 나오는 놈은 곰배팔에 앉은뱅이, 새앙손에 반신불수, 지겟다리 갈 디딘 놈, 밀지로 코 덮은 놈, 다리에 피 칠한 놈, 가슴에 구멍 난 놈, 얼어 부푼 낯바닥에 댕강댕강 물 떨어지는 놈, 입술이 하나 없어 잇속이 으등한 놈, 다리가 팅팅 부어 모기둥만씩한 놈, 등덜미 쑥 내밀어 큰 북통 진 듯한 놈, 키가 한 자 남짓한 놈, 입이 한 편 돌아간 놈, 가죽관 쓴 놈, 체뿔관 쓴 놈, 패랭이 꼭지만 쓴 놈, 웅장건을 끈 달아 쓴 놈, 물매 작대 멜빵만 진 놈, 감태 한 줌 헌 공석 진 놈, 온 몸에 재 칠하여 아궁이에서 자고 난 놈, 헐고 헌 고의적삼 등잔 기름에 절음

한 놈, 그저 삐걱삐걱 나오는데, 사람들 모은 수가 대구 시월영
(十月營)만 한데, 각각 소리 질러 놀부를 불러 대니 이런 야단이
없구나.

그중에도 영좌와 공원이 있어, 영좌라 하는 영감 나이 50 남
짓한데, 오랫동안 과객질에 공것 먹는 수가 터져 힘도 별로 안
들이고 여상으로 하는 수작이 사람 죽일 말이로다. 헌 갓에 벼
릿줄, 헌 중치막에 방울띠, 아주 긴 담뱃대를 한가운데 불끈 쥐
고 점잖게 나오더니, 동무들을 책망하여,

"왜 이리들 요란하냐. 한 달 두 달 내에 끝날 일이 아닌 것을,
어이 그리 성급한고. 아무 말도 다시 말고 내 명패로 시행하지."

놀부 안채 대청 위에 허물없이 올라 앉아, 끝없는 반말로,

"바깥주인이 어디 있노. 이리 와서 내 말 들어라."

놀부가 전 같으면 이러한 과객 보고 오죽 호령 잘할 테지만,
여러 걸인의 호령 소리에 정신을 놓았다가, 이분의 하는 것이
점잖아 보이거든, 원정을 하여 보자 하고, 올라 가 절한 후에 공
순히 여쭙기를,

"본댁은 어디온데 무슨 일로 오시오며, 저리 많은 동행 중에
성한 사람 없사오니, 어찌하여 오셨나이까?"

영좌가 대답하기를,

"우리들이 온 내력은 오륙 일 간 쉰 후에 그로부터 수작하겠

지만, 수다한 동행들이 저 좁은 박통 속에 여러 날 고생하여 기갈이 자심하니, 좋은 안주 술대접과 갖은 반찬 더운점심, 정결한 사처방에 착실히 대접하라."

놀부가 깜짝 놀라 애절히 비는 말이,

"저 많은 손님에게 대접할 수 있소? 대전 차하하옵시다."

영좌가 대답하기를,

"손님 대접하는 법이 밥상 하나 하자 하면 접시 일곱, 종지 둘, 조칫보에 갖은 반상, 반찬값만 할지라도 댓 냥이 넘을 터이나 주인의 폐를 보아 댓 냥으로 결정하니, 손님 한 분에 매일에 밥값 석 냥, 술 담배 값 한 돈씩 파전 쇠전 섞이지 않게 착실히 차하하라."

놀부가 할 수 없어 삼천 냥을 내놓고, 한 끼 밥값을 차하하니 몇 냥 남지 않는구나. 놀부가 다시 빌어,

"귀하신 손님네를 여러 날 만류하여 쉬어 가면 좋겠으나, 내 집 열 배 더 있어도 못다 앉힐 터이오니, 오신 내력 말씀하여 쉽게 처분케 하옵시다."

"주인 말이 그러하니 아무렇게나 하여 볼까. 우리나라 관청 중에 활인서란 마을 있어, 관원 서리 창고지기들이 누만 냥 이를 남겨 수많은 우리 걸인 돈을 주어 먹이더니, 주인 조부 덜렁쇠가 삼천 냥 본전 쓰고 병자년에 도망하여 거처를 모르게 되었

으니 매년 삼리, 삼삼은 구를 본전에서 그렁저렁 수십 년에 본전이 다 없어서, 우리 발료를 받지 못하더니, 조선 왔던 제비 편에 주인 소식을 자세히 듣고, 활인서에 발괄한즉 관원의 분부로 '만리타국에 있는 놈을 공문으로 오가기 번거로우니, 너희들이 모두 가서 여러 해 밀린 변리 받아 오되, 만일 완강히 거절하거들랑 그놈의 안방에 가서 먹고 반듯 누웠어라.' 분부 모시고 나왔으니, 갚고 아니 갚기는 주인의 소견이지."

놀부가 기가 막혀 공손히 다시 물어,

"우리 조부가 그 돈 쓸 때 수표에다 수표 착명 중인 있었소?"

"있지."

"여기 가져오셨습니까?"

"안 가져왔지."

"수표가 있더라도 사람이 죽으면 징벌하지 않는 법인데, 수표도 안 가지고 빚 받으러 오셨습니까?"

"일 년쯤 되었으면 강남 왕래할 터이니, 우리 식구 여기서 먹고, 동행 하나 보내어서 수표를 가져오지."

놀부가 들을수록 사람 죽을 말이로다. 무한히 힐난하다, 곱친 이자로 육천 냥에 원한을 풀어 보낼 적에, 영좌가 하는 말이,

"갖다가 바쳐 보아 당상께서 적다 하면 도로 찾아 올 것이니, 홀홀히 떠난다고 섭섭히 알지 말지."

일시에 간데없었다.

걸인을 보낸 후에 셋째 통을 또 타려고 할 때, 놀부 저도 무안하여 아니리를 연해 짜 넣어,

"선흉후길이오, 고진감래요. 세 번 호령하고 다섯 번 타일러 훈계한다 하니, 무한 좋은 보화가 이 통 속에는 꼭 들었지."

박 타는 역군 중에 입바른 사람이 있어 옆구리에 칼이 와도 할말은 똑 하겠다.

"여보소 놀부 씨, 이 통 설소리는 내가 메기면 어떤가?"

놀부가 허락하니, 놀부를 꾸짖는 박사설로 메기었다.

"요순우탕 태평 시에 인심들이 순박, 공자맹자안자증자 성인님은 행실들이 검박, 밀화 늙어 호박, 구슬발은 주박."

"어기여라 톱질이야."

"근래 풍속 그리 소박, 사람마다 모두 경박, 남의 말을 대고 타박, 형제간에 몹시 구박."

"어기여라 톱질이야."

"흥부의 심은 박, 제비 은혜 받는 박, 놀부가 심은 박, 제비 원수 받는 박, 양반 나와 바로 결박, 걸인 나와 무수 공박."

"어기여라 톱질이야."

"네 정경이 저리 절박, 네 사세가 하도 망박, 불의로 모은 재물 부서지기 쪽박."

슬근슬근 톱질하여 거진 타니, 사당패의 법이란 게 그중에 연계사당이 앞서는 법이었다. 흩은 낭자머리 때 묻은 옷으로, 박통 밖에 썩 나서니 놀부가 깜짝 놀라,

"애겨 서시 나오노라, 하님이 먼저 나온다."

내외를 시키기로 금잡인이 대단하여 일꾼 떨거지를 모두 몰아 문밖으로 보내고서, 휘장이 모자라니 홑이불, 이불 안퓨, 돗자리, 문발이며 심지어 멍석까지 담뿍 둘러막았더니 그 뒤에 서시들이 꾸역꾸역 나오는데 낭자도 하였으며, 길게 딴 고방머리 곱게 빼고, 명주사 수건 자주 수건 머리도 동였으며, 연두색 저고리에 긴 담뱃대 물었으며, 따라오는 짐꾼들은 곱게 겨른 오장치에 이불보·요강·망태·기름병도 달아 지고 꾸역꾸역 나오더니, 놀부 보고 절을 하며,

"소사 문안이요. 문안이요. 소사 등은 경기 안성 청룡사와 영남 하동 목골이며, 전라도로 의논하면 함열의 성불암, 창평의 대주암, 담양·옥천·정읍·동복·함평의 월량산 여기저기 있삽다가, 근래 흉년으로 살 수 없어 강남으로 갔삽더니, 강남 황제분부로써, '네 나라 박놀부가 삼국에 유명한 부자라니 박통 타고 그리 가서 수천 냥을 뜯어내되, 만일 적게 주거들랑 다시 와서 알리어라.' 분부 모시고 나왔으니 후히 차하하옵소서."

놀부가 할 수 없어 제 손수 눌키겠다.

"나오던 중 상이로다. 너희들 장기대로 염불이나 잘하여라."

사당 거사가 좋아하고, 거사들은 소고 치고, 사당의 절차대로 연계사당 먼저 나서서 발림을 곱게 하고,

"산천초목이 다 무성한데 구경 가기 즐겁도다. 어야여, 장송은 낙락, 기러기 훨훨, 낙락장송이 다 떨어진다. 성황당 어리궁 뻐꾹새야 이 산으로 가며 어리궁 벅궁, 저 산으로 가며 어리궁 벅궁."

"이야, 잘 논다. 네 이름이 무엇이냐?"

"초월이요."

또 한 년이 나서면서,

"녹양방초 다 저문 날에 해는 어찌 더디 가며, 오동야우 성근 비에 밤은 어찌 길었는고, 얼사절사 말 들어 보아라. 해당화 그늘 속에 비 맞은 제비같이 이리로 흔들 저리로 흔들, 흔들흔들 넘논다. 이리로 보아도 일색이요, 저리 보와도 일색이라."

"이애, 잘 논다. 네 이름은 무엇이냐?"

"구강선이오."

또 한 년 나오더니,

"갈까 보다 갈까 보다, 잦힌 밥을 못다 먹고 임을 따라 갈까 보다. 경방산성 빗도리 길로 알박이 처자 앙금 살살 게게 돌아간다."

"네 이름은 무엇이냐?"

"일점홍이오."

또 한 년이 나오면서,

"오돌또기 춘향 추향월의 달은 밝고 명랑한데, 여기다 저기다 없어 버리고 말이 못 된 경이로다. 만첩청산 쑥쑥 들어가서 휘어진 버드나무 손으로 주루룩 훑어다가, 물에다 둥덩실 둥덩실, 여기다 저기다 없어 버리고 말이 못 된 경이로다."

"잘한다, 네 이름은 무엇이냐?"

"설중매요."

또 한 년이 나오며, 방아타령을 하여,

"사신 행차 바쁜 길에 마죽참이 중화로다. 산도 첩첩 물도 중중 기자왕성이 평양이라. 청천에 뜬 까마귀가 울고 가니 곽산, 모닥불에 묻은 콩이 튀어나오니 태천, 찼던 칼 빼어 놓으니 하릴없는 용천검, 청총마를 들입다 타고 돌아보니 의주로다."

"잘 논다, 네 이름은 무엇이냐?"

"월하선이오."

또 한 년이 나오면서 자진방아타령을 하여,

"유각골 처자는 쌈지 장사 처녀, 왕십리 처자는 미나리 장사 처녀, 순창 담양 처자는 바구니 장사 처녀, 영암 강진 처자들은 참빗 장사 처녀, 에라뒤야 방아로다."

"네 이름은 무엇이냐?"

"하옥이오."

한참 서로 농탕치니 놀부댁 강짜가 나는구나.

천도머리 돔방치마 속곳 가래 풀어 놓고, 버선발 평나무신 왈칵 뛰어 냅따 서서, 놀부 앞에 앉으면서,

"나는 누구만 못 하기에 사당 보고 미치느냐?"

놀부가 전 같으면 볼에 상처가 곧 날 테나, 사당에게 우세될까 미운 말로 별나게 보아,

"차린 의복과 생긴 맵시가 정녕한 관물이지. 풍류랑들 보았으면 여럿 패가시키겠다. 염불하던 사당들이 예쁘기도 하거니와, 강남 황제 보냈으니 홀대할 수 있겠느냐."

매 사람에 일백 냥씩 후히 주어 보낸 후에, 설소리꾼에게다 분을 모두 풀어,

"방정스런 저 자식이 톱질 사설을 잘못 메겨 떼방정이 나왔으니, 물렀거라 내가 메길게."

놀부가 분을 내어 통사설로 메기것다.

"헌원씨가 만든 배를 타고 나니 이제 불통, 공부자 가르침에 게으르지 아니하여 칠십 제자 육예 신통."

"어기여라 톱질이야."

"한나라 숙손통, 당나라 굴돌통, 옛 글에 있는 통 모두 다 좋

은 통."

"어기여라 톱질이야."

"어찌 다 이내 박통은 모두 다 몹쓸 통, 첫 번 통은 상전 통, 둘째 통은 걸인 통, 셋째 통은 사당 통."

"어기여라 톱질이야."

"세간을 다 뺏기니 온 집안이 아주 허통, 우세를 하도 하니 처자들이 모두 패통, 생각하고 생각하니 내 마음이 절통."

"어기여라 톱질이야."

"어서 타세 넷째 통, 이번은 분명히 세간 통, 그렇지 않으면 미인 통."

"어기여라 톱질이야."

"내 신수가 아주 대통, 어찌 그리 신통, 빼뜨려라 이내 죽통, 흥부 보면 크게 호통."

"어기여라 톱질이야."

슬근슬근 거진 타니, 열댓 살 된 아이가 노란 머리칼에 창옷을 입고 박통 밖에 썩 나서니, 놀부가 아주 반겨,

"애겨 이게 선동이지."

삼십 넘은 노총각이 그 뒤를 따라 또 나오니 놀부가 더 반겨,

"동자가 한 쌍이지."

그 뒤에 사람들이 꾸역꾸역 나오는데, 앞에 선 두 아이는 검

무장이, 북잡이라.

풍각장이, 각설이패, 방정스런 외초라니 등물이 지껄이며 나오더니, 놀부네 안마당을 장판으로 알았던지 훨썩 넓게 자리 잡고, 각 차비가 늘어서서 가야금 '둥덩둥덩', 통소 소리 '띠루띠루', 해적 소리 '고개고개'. 북 장단에 검무 추며, 번개 소고, 벼락 소고, '동골동골'.

한편에서는 각설이패가 덤벙이는데, 백호 밑에 훨썩 돌려 숭늉 쪽박 엎어 놓은 듯, 가로 약간 남은 머리에 개미 상투 엇비슷하여 이마에 딱 붙이고, 전라도 장타령을 시작하여,

"떠르르 돌아왔소. 각설이라 먹설이라 동설이를 짊어지고 뚤뚤 몰아 장타령, 흰 오얏꽃 옥과장, 누런 버들 김제장, 부창부수 화순장, 시화연풍 낙안장, 쑥 솟았다 고산장, 철철 흘러 장수장, 삼도 도회 금산장, 일색 춘향 남원장, 십리 오리 장성장, 애고애고 곡성장, 누리누리 황육전, 풀풀 뛰는 생선전, 울긋불긋 황화전, 팟뀌팟뀌 담배번, 얼걱덜걱 옹기전, 딸각딸각 나막신전."

한 놈은 옆에 서서 두 다리를 빗디디고 허리짓 고갯짓을 하며, 살만 남은 헌 부채로 뒤꼭지를 탁탁 치며,

"잘한다 잘한다, 초당 짓고 한 공부냐 실수 없이 잘한다. 동삼 먹고 한 공부냐 기운차게 잘도 한다. 기름 되나 먹었느냐, 미끈미끈 잘 나온다. 목구멍에 불을 켰나, 훤하게도 잘한다. 뱃가죽

두껍다. 일망무제로 나온다. 네가 저리 잘할 적에 네 선생이 오죽하랴. 네 선생이 내로구나. 잘한다 잘한다. 목쉴라 목쉴라 대목장에 목쉴라. 가만가만 섬겨라. 너 못 하면 내가 하마.”

한참 이리 덤벙일 제, 한편에서는 고사 초란이 덤벙이는데, 구슬상모, 털벙거지, 바짝 맨 통장고를 턱 밑에 되게 메고,

“꽁그락공 꽁꽁.”

“예, 돌아왔소, 구름 같은 댁에 신선 같은 나그네 왔소. 옥 같은 입에 구슬 같은 말이 쑥쑥 나오.”

“꽁그락 꽁.”

“예, 오노라 가노라 하니 우리 집 마누라가 이 집 마님 앞에 문안 아홉 꼬쟁이, 평안이 아홉 꼬쟁이, 이구 십팔 열여덟 꼬쟁이, 낱낱이 전하라 하옵디다.”

“꽁그락 꽁.”

“허페.”

“통영 칠 도리판에 쌀이나 담아 놓고, 귀 가진 저고리, 단 가진 치마, 명실 명전 갖은 꽃 소반 고사나 하여 보오.”

“꽁그락 꽁꽁.”

“허페 페.”

“정월 이월 드는 액은 삼월 삼일 막아 내고, 사월 오월 드는 액은 유월 유두에 막아 내고, 칠월 팔월 드는 액은 구월 구일 막

아 내고, 시월 동지 드는 액은 납월 납일 막아 내고, 매월 매일 드는 액은 초란이 장고로 막아 내세."

"꽁그락 꽁."

"허페."

놀부가 보다가 하는 말이,

"저러한 되방정들 집구석에 두었다는 싸라기도 안 남겠다."

돈 관씩 후히 주어 길을 떠내 보냈구나. 잡색꾼들을 보낸 후에 남은 통을 켜자고 하지만, 이 여러 박통 속이 탈수록 잡것이라, 놀부댁은 옆에 앉아,

"애고애고."

통곡하고, 삯 받은 역군들은 무색하여 만류했다.

"그만 타소 그만 타소. 이 박통 그만 타소. 삼도에 유명한 자네 형세 하루아침에 탕진하였으니, 만일 이 통을 또 타다가 무슨 재변 또 나오면 무엇으로 막아 낼까. 필경 망신될 것이니, 제발 덕분에 그만 타소."

고집 많은 놀부 놈이 가세는 기울어도 성정은 안 풀리어,

"너의 말이 녹록하다. 천금산진환부래라는 옛 문장의 말씀이 있고, 뺏던 칼 도로 꽂는다는 것이 대장부의 할 일인가. 무엇이 나오든지 기어이 타 볼 테네."

톱 소리를 아주 억지 쓰기로 메겨,

"어기여라 톱질이야."

"초패왕이 장감을 칠 때 삼일 양식만 가졌으며, 한신이 조나라 진여를 칠 때 배수진이 영웅이라."

"어기여라 톱질이야."

"미불유초 선극유종이라고 성인이 하신 경계를 자네 어찌 모르는가. 나는 기어이 타 볼 테네."

"어기여라 톱질이야."

"틀림없이 좋은 보패 이 두 통에 있을 테니 일락서산 더 저물기 전에 큰 힘써서 당기어라."

슬근슬근 거진 타니, 큼직한 쌍가마 긴 가마채가 꺾음섬의 가시목을 네모 접어 곱게 깎아 생피로 단단히 감아 철목을 걸었는데, 박통 밖에 뾰쪽하니, 놀부가 크게 기뻐하여,

"아무러면 그러하지. 아무리 박통 속이 내외하기 좋다 한들 천하에 흰 그 얼굴이 걸어올 리가 있나. 틀림없는 쌍가마 속에 서시가 앉았으니, 쌍교채 모셔다가 안채 대청 놓을 테니 휘장 칠 법 다시없다."

장담하며 기다릴 때, 쌍가마는 무슨 쌍가마. 송장 실은 상부인데 강남서 나오다가 박통 가에 이르러서, 세상에 나올 테니 상여를 받침틀 하여 마목틀 괴어 놓고, 어동육서 좌포우혜 제를 진설하느라고 그새 조용하였구나. 불시에 소리가 나는데,

"영이기가 왕즉유택 재진견례 영결종천."

하고,

"워허너허 워허너허."

"명정 공포 앞을 서고, 행자곡비 곡을 하소."

"워허너허."

"행진 강남 수천 리에 고생도 하였더니, 박통 문이 열렸으니 안장처가 어디신고?"

"워허너허."

"금강·구월·지리·묘향산은 산운이 불합하여 갈 수 없다."

"워허너허."

"날씨가 구름 끼어 비올 기운이 있다. 앙장 떼고 우비 써라, 가다가 저물세라 어서 가자 놀부 집에."

"어허너허 어허너허."

그 뒤에 상인들이 각청으로 울고 올 때, 낳은 아들 하나요, 삯 상인이 여섯이니 먹이고 날 댓돈에 목 좋은 놈만 얻었구나. 한 놈은 시조창으로 울고, 한 놈은 방아 타령으로 울고, 한 놈은 너무 울어서 목이 조금 쉬었기로 목은 아예 쓰지 않고 자진모리 아니리로 남을 노상 웃기것다.

"애고애고, 막동아, 기운 없어 못 살겠다. 놀부 집에 급히 가서 개 잡혀서 잘 고아라. 애고애고, 오늘 저녁 상여를 어디다 멈출

꼬. 놀부의 안방 치우고 포진을 잘하여라. 애고애고, 좆 꼴리어 암만해도 못 참겠다. 놀부의 계집 뒷물시켜 수청으로 대령하라. 애고애고, 이 행차가 초라하여 못 하것다. 놀부 아들 행자 세우고, 놀부 딸은 곡비 세워라. 애고애고, 철야할 때, 심심하여 어찌 할까. 글씨 잘 쓴 경쇠 한 목, 쇠 좋은 놈 얻어 오라. 애고애고 설운지고, 가난이 원수로다. 삯 한 돈에 몸 팔리어 헛 울음에 목쉬 었다. 애고애고."

"어허너허."

땡그랑 요란하게 나오더니 놀부 안방에 상여를 세우고 허저 같은 상여꾼들 벽력같이 외치는 소리,

"주인 놀부 어디 갔나? 큰 병풍 치고 제사상 놓고, 촛대에 밀 촉 켜고, 향로에 불 피워라, 제물 먼저 올린 후에 상식상 곧 차려 라. 방 더울라 불 때지 말고, 고양이 들어갈라 굴뚝을 막아라."

이런 야단이 없구나. 놀부가 넋을 잃어 처자를 데리고서 대강 거행한 연후에 상제에게 문안하고, 공손히 묻자오되,

"어떠한 상행차인지 내력이나 알아봅시다."

상제가 대답하기를,

"오, 네가 박놀부가?"

"예."

"우리 댁 노 생원님이 너를 찾아보시려고 첫 박통에 행차해서

너를 속량하여 주고, 환행차하신 후에 네 정성이 극진하여 자식보다 낫더라고 매일 자랑하시더니, 노인의 병환이라 병환나신 하루 만에 별세를 하시는데 박놀부의 안채 정간 장히 좋은 명당이라, 내 말하고 찾아가면 반겨 허락할 것이니, 갈 길이 멀다 말고 부디 게 가 장사하되, 만일 의심하거들랑 이것을 보이면 민을 표적이 되리라고 재삼 유언하시기로, 상행차 뫼시고서 불원천리 찾아왔다."

소매에서 능천낭을 슬그머니 내놓거늘, 놀부가 이걸 보니 송장보다 더 밉구나. 꿇어 엎디어 설에 빌어,

"상제님 상제님, 소인 살려 주옵소서. 노 생원님 하신 유언 임종시에 하셨으니 정신이 혼미하여 정신없이 하신 말씀이니, 진나라 대부 위과가 하신 말을 상제님이 모르시오? 산리로 말할지라도 이 집터가 명당이면 하루아침에 패가하겠습니까. 운진한 땅이오니 상행에 쓰인 경비 산 땅값을 대전으로 바치올 것이니 환행 안장하옵소서."

전답문서 전당 잡히고, 돈 삼만 냥 빚을 내어 상행 치송한 연후에, 남아 있는 여섯째 통 타기로 달려드니, 제 계집이 옆에 앉아 통곡하며 만류한다.

"맙쇼 맙쇼 타지 맙쇼. 그 박씨에 쓰인 글자 갚을 보(報) 자, 원수 구(仇) 자, 원수 갚자 한 말이라 탈수록 망할 테니, 간신히 모

은 세간 편한 꼴도 못 보고서 잡것들에게 다 뜯기네. 이럴 줄 알
았다면 시아제 굶을 적에 구원 아니하였을까. 만일 잡것 또 나
오면 적수공권 이 신세에 무엇으로 감당할까. 가련한 우리 부부
목숨까지 빼앗길 테니, 기어이 타려거든 내 허리와 함께 켜소."

박통 위에 걸터 엎어져 경상도 메나리조로 한참을 울어 대니,
놀부가 할 수 없어 저도 그만 파의하여,

"이내 신세 생긴 모양이 계집까지 덧내서는 정녕 아사할 터이
니, 여보소, 톱질꾼들 양줄 풀어 톱 지우고, 저 박통 들어다가 대
문 밖에 내버리소."

한참 수쇄하는 차에, 천만의외로 통 속에서

"대포수."

"예."

"개문포 세 방 쏴라."

"예."

"떵 떵 떵."

박통이 한가운데가 딱 벌어지며, 행군 호령을 똑 병학지남으
로 하것다.

"행영시(行營時)에 만일 앞에 수목이 막혔거든 청기를 들고,
물이나 연못으로 막혔거든 흑기를 들고, 병마에 막혔거든 백기
를 들고, 산과 험한 것으로 막혔거든 황기를 들고, 연화(煙火)에

막혔거든 홍기를 들고, 보는 것이 지나거든 곧 모두 거두라. 한 길로 뚫렸거든 고초기를 일면에 세우고, 두 길이 평행하거든 두 면에 세우고, 세 길이 평이거든 삼면에 세우고, 네 길이 평이거든 사면에 세우고, 대영행이거든 오면에 세우되, 뒤의 대장이 입으로 전하여, 전노(全路) 어떤 색 고초기를 몇 개 세우라 하거든 중군이 진을 바꾸는 호령을 즉시 거행하라."

"정수(鉦手)!"

"예."

"명금 이하인 행취타하라."

"예."

"쨍 나니나노 퉁 꽝."

천병 백마가 물 끓듯이 나오는데 그 가운데 나오는 장수는 신장이 팔척이오, 얼굴은 먹빛 같고, 표범 머리에 고래 눈과 제비턱, 범의 수염, 형세는 닫는 말과 같고, 황금 투구 쇄자 갑옷, 심오마를 높이 타고, 장팔사모 빗겨 들고, 우레 같은 큰 목소리로,

"이놈 놀부야."

박 타던 삯군들이 소리에 깜짝 놀라, 창자가 터져 죽는 놈이 여러 명이 되는구나. 놀부 놈은 정신을 잃고, 박통 가에 기절하여 넘어지니, 저 장수의 거동 보소.

놀부의 안채 대청이 엔간한 지휘대인 줄 알고, 하마포에 말을

내려, 승장포 세 방 쏘고, 오색 기치 방위 찾아 청동백서 세워 놓고, 각 영 장졸은 버티어 서서 바라를 쳐서 울려 좌기 취한 연후에 대상에서 호령이 나는데,

"놀부 놈 나입하라."

비호같은 군사들이 놀부의 고추상투 덩경 잡아 나입하니, 대장이 분부하기를,

"네 죄를 헤아리면 만 번 죽어도 아깝지 않다. 내 목성 나는 대로 네놈 수죄를 할 양이면 네가 놀라 죽겠기에 조용히 분부하니 자세히 들어 보라. 한나라가 말세 되어 천하가 분분할 때 유·관·장세 영웅이 도원에서 결의하고 한 왕실을 다시 일으키자, 천하에 횡행하던 삼형제 중 말째 되고, 오호대장 둘째 되는 탁군서 살던 성은 장이요, 이름은 비요, 자는 익덕이라 하는 용맹을 들었느냐? 내가 그 장 장군이로다. 천지에 중한 의가 형제밖에 또 있느냐. 한날한시에는 못 났어도, 한날한시에 죽는 것이 당연한 도리인데, 네놈은 어이하여 동기 박대를 그리하며, 날짐승 중에 사람 따르고 해 없는 게 제비로다. 내가 근본 생긴 모양, 제비턱을 가졌기로 제비를 사랑하더니, 제비 말을 들어본즉 생다리를 꺾었다니, 그러한 몹쓸 놈이 어디 또 있겠느냐. 내 평생에 가진 성정, 내게 이해 불고하고, 몹쓸 놈이 있으며는 장팔사모 쑥 빼내어 퍽 찌르는 성정인 고로, 어찌 쾌인 악덕 같

은 이를 만나 세상에 인심을 배반한 이를 모두 죽인다는 말을 너도 혹 들었느냐? 네놈이 흉맹극악하여 동생을 쫓아내고, 제비 절각시킨 죄로 똑 죽이자 나왔더니, 돌이켜 생각하니 죽은 자는 다시 살아날 수 없고, 형을 받은 자는 다시 거느릴 수 없다 하니, 네 아무리 회개하여 형제우애하자 한들 목숨이 죽어지면 어쩔 수가 없겠기에, 목숨을 빌려 주니 이번은 개과하여 형제우애 하겠느냐?"

놀부 엎드려 생각하니 불의로 모은 재물을 허망하게 다 날렸으니 징계도 쾌히 되고, 장 장군의 그 성정이 독우라도 채찍질 했으니, 저 같은 천한 목숨은 파리만도 못 하지. 악한 놈에게 어진 마음은 무서워야 나는구나. 복복 사죄하며 울며 빈다.

"장군 분부 듣사오니, 소인의 전후 죄상은 금수만도 못 하오니, 목숨 살려 주옵시면 옛 허물을 다 고치고 군자의 본을 받아 형제간 우애하고, 이웃에 화목하여 사람 노릇 하올 테니 제발 덕분에 살려 주오."

장군이 분부하기를,

"네 말이 그러하니 알기 쉬운 수가 있다. 남원이나 고금도나 우리 중형 관우 씨 계신 곳에 내가 가서 모시고 있다가 네 소문을 탐지하여 개과를 하였으면 재물을 다시 주어 부자가 되게 하고, 그렇지 아니하면 바로 와서 죽일 테니, 군사나 잘 먹여 위로

하라. 이제 곧 떠나겠다."

놀부가 감화되어 양식으로 밥을 짓고, 소와 닭, 개 많이 잡아 군사를 먹이면서 좋은 술을 연해 부어 장군 앞에 올리니, 제 계집이 말려,

"애겨, 그만합쇼. 그 장군님 술 취하면 아무 죄 없는 놈도 편타를 하신다네."

놀부가 웃으며,

"자네가 어찌 알아. 그 장군님 장한 의기는 엄안이라도 항복하게 하셨나니."

장군이 군사를 돌이키신 후에, 가산을 돌아보니 한 번 패하여 다시 일어날 수 없이 되었구나.

방성통곡하고 흥부집을 찾아가니, 흥부가 크게 놀라 극진히 위로하고, 저의 세간 반 나누어 형우제공 지내는 모습은 누가 아니 칭찬하리.

도원에 남은 의기가 천고에 전하여지니, 이러한 어리석고 못난 인간, 욕심 많은 자도 청렴하고 나약한 자도 일어서는 백이숙제의 풍속과 같은가 한다.

장끼전

하늘과 땅이 비로소 열릴 때 만물이 번성하니, 그 가운데 귀한 것은 인생이며 천한 것은 짐승이었다.

날짐승도 삼백이고 길짐승도 삼백인데 꿩의 모습을 볼라치면 의관은 오색이요, 별호는 화충이다. 산새와 들짐승의 천성으로 사람을 멀리하여 푸른 숲 속 시냇가에 휘둘러진 소나무를 정자 삼고, 상하로 펼쳐진 밭과 들 가운데 널려 있는 곡식을 주워 먹고 살아간다.

그러나 임자 없이 생긴 몸이라 관포수와 사냥개에게 툭하면 잡혀가서 삼태육경 수령방백 새와 들짐승과 다방골 제갈동지들이 싫도록 장복(長服)하고 좋은 깃 골라내서 사령기(使令旗)

에 살대 장식과 전방 먼지떨이며 여러 가지에 두루 쓰이니 그 공적이 적다 하겠는가?

평생을 두고 숨어 있는 자취와 좋은 경치를 보고자 하여, 구름 위로 우뚝 솟아오른 높은 봉에 허위허위 올라가니 몸 가벼운 보라매는 예서 떨렁 제서 떨렁 하고, 몽치를 든 몰이꾼은 예서 '우여!' 제서 '우여!' 하며, 냄새 잘 맡는 사냥개가 이리 컹컹 저리 컹컹 속잎포기 떡갈잎을 뒤적뒤적 찾아드니 살아날 길이 없다. 샛길로 가려 하니 여러 무리의 포수들이 총을 메고 늘어섰으니, 엄동설한 굶주린 몸은 이제 다시 어느 곳으로 가야 한단 말인가?

하루 종일 푸른 산 더운 볕에 뉘 아래로 펼쳐진 밭이며 너른 들에 혹시라도 콩알이 있을 법하니 한 번 주우러 가 볼거나.

이때 장끼 한 마리 당홍대단 두루마기에 초록궁초 깃을 달아 흰 동정 씻어 입고 주먹 같은 옥관자에 꽁지 깃털 만신풍채이니 장부 기상이 역력했다.

또 한 마리의 꿩 까투리를 보자 하니, 잔누비 속저고리 폭폭이 잘게 누벼 위아래로 고루 갖추어 입고 아홉 아들과 열둘 딸을 앞세우고 뒤세우며 재촉하는 것이었다.

"어서 가자, 바삐 가자! 질펀한 너른 들에 줄줄이 퍼져서 너희는 저 골짜기 줍고 우리는 이 골짜기 줍자꾸나. 알알이 콩을 줍게 되면 사람의 공양을 부러워하여 무엇하랴. 하늘이 낸 만물이 모두 저 나름의 녹이 있으니 한 끼의 포식도 제 재수라."

장끼와 까투리가 들판에 떨어져 있는 콩알을 주우러 들어가다가, 분 콩 한 알이 덩그렇게 놓여 있는 것을 장끼가 먼저 보고 눈을 크게 뜨며 말했다.

"어허, 그 콩 먹음직스럽구나! 하늘이 주신 복을 내 어찌 마다 하랴? 내 복이니 어디 먹어 보자."

옆에서 이 모양을 지켜보고 있던 까투리가 어떤 불길한 예감이 들어서 말렸다.

"아직 그 콩 먹지 마오. 눈 위에 사람 자취가 수상하오. 자세히 살펴보니 입으로 훌훌 불고 비로 싹싹 쓴 흔적이 심히 괴이하니. 제발 덕분 그 콩일랑 먹지 마오."

"자네 말은 미련하기 그지없네. 이때를 말하자면 동지섣달 눈 덮인 겨울이라. 첩첩이 쌓인 눈이 곳곳에 덮여 있어 천산에 나는 새 그쳐 있고, 만경에 사람의 발길이 끊겼는데 사람의 자취가 있을까 보냐?"

까투리도 지지 않고 입을 열었다.

"사리는 그럴듯하오마는 지난 밤 꿈이 크게 불길하니 자랑하여 처사하오."

그러자 장끼가 또 말을 받았다.

"내 간밤에 한 꿈을 얻으니 황학(黃鶴)을 빗겨 타고, 하늘에 올라가 옥황상제께 문안드리니 상제께서 나를 보시고는 산림처사를 봉하시고, 만석고(萬石庫)에서 콩 한 섬을 내주셨으니, 오늘 이 콩 하나 그 아니 반가운가? 옛 글에 이르기를 '주린 자 달게 먹고 목마른 자 쉬 마신다.' 하였으니, 어디 한 번 주린 배를 채워 봐야지."

그러나 지지 않고 까투리가 또 말했다.

"당신의 꿈은 그러하나, 이 몸이 꾼 꿈을 해몽해 보겠소. 어젯밤 이경 초에 첫 잠이 들어 꿈을 꾸었는데, 북망산 음지 쪽에 궂은비가 흩뿌려지더니 맑은 하늘에 쌍무지개가 홀연히 칼이 되어 당신의 머리를 뎅겅 베어 내리치는 것이 아니오? 이것이야말로 당신이 죽을 흉몽임에 틀림없으니 제발 그 콩일랑은 먹지 마오."

장끼 또한 그대로 있지 않았다.

"그 꿈 또한 염려 말게. 춘당대 알성과에 문관 장원으로 급제하여 어사화 두 가지를 머리 위에 숙여 꽂고 장안 큰 거리로 왔다 갔다 할 꿈이로다. 어디 과거에나 한 번 힘써 보세나."

까투리가 다시 말했다.

"야삼경에 또 한 번 꿈을 꾸니 천근들이 무쇠 가마를 그대가 머리에 이고 만경창파 깊은 물에 아주 풍덩 빠지는 게 아니겠소? 나 홀로 그 물가에 앉아 대성통곡하였으니, 이거야말로 당신이 죽는 꿈이지 뭐겠소? 부디 그 콩일랑 먹지 마오."

장끼가 또 말했다.

"그 꿈은 더욱 좋을시고! 명나라가 중흥할 때, 구원병을 청해 오면 이 몸이 대장이 되어 머리 위에 투구를 쓰고 압록강을 건너가서 중원을 평정하고 승전 대장이 되어 올 꿈이오."

까투리가 지지 않고 또 말했다.

"그것은 그렇다 하더라도, 사경에 또 한 꿈을 꾸었소. 노인은 당상에 있고 소년이 잔치를 하는데, 스물두 폭 구름 장막을 받쳤던 서발 장대가 갑자기 우지끈 뚝딱 부러지면서 우리들 머리를 덮쳤으니 좋지 않은 일을 볼 꿈이 분명하오. 오경 초에 또 한 꿈을 꾸었는데, 낙락장송이 뜰 앞에 가득한데 삼태성 태을성이 은하수를 둘렀습디다. 그런데 그 가운데 별 하나가 뚝 떨어져 당신 앞에 떨어졌으니, 이게 웬 일이란 말이오. 삼국 때의 제갈무후가 오장원에서 운명할 때도 긴 별이 떨어졌다 하지 않았소?"

이 말에, 장끼란 놈이 더욱 신이 나서 말했다.

"그 꿈도 염려할 게 전혀 없네. 장막이 덮여 보인 것은, 푸른 산에 해가 저물어 밤이 되면 화초병풍 둘러치고, 잔디 장판에 등걸로 베개 삼아 칡잎으로 요를 깔고 갈잎으로 이불 삼아 자네와 내가 추켜 덮고 이리저리 뒹굴 꿈이오. 별이 길게 떨어져 보인 것은 옛날 중국 황제 헌원씨 대부인이 북두칠성 정기를 받아 제일 생남하였고, 견우직녀성은 칠월 칠석 상봉이라, 자네 몸에 태기 있어 귀한 아들 낳을 꿈이오. 그런 꿈이라면 제발 좀 많이 꾸게나."

그러자 까투리가 또 다른 꿈 이야기를 했다.

"새벽녘 닭이 울 때 또 꿈을 꾸었소. 색저고리 색치마를 이내 몸에 단장하고 푸른 산 맑은 물가에 노니는데, 난데없는 청삽사리 입술을 앙다물고 와락 뛰어 달려들어 발톱으로 할퀴는 것이 아니겠소? 경황실색 갈데없이 삼밭으로 달아나는데, 긴 삼대 쓰러지고 굵은 삼대 춤을 추며 잘룩 허리 가는 몸에 휘휘청청 감겼으니 이내 몸 과부 되어 상복 입을 꿈이오. 제발 그 콩을 먹지 마오."

장끼란 놈이 이 말을 듣고 매우 노해서, 까투리의 멱살을 잡고 이리 치고 저리 찼다. 그러고서 큰 소리로 말했다.

"화용월태 저 간사스러운 년 기둥서방 마다하고 다른 남자 즐기다가, 어깻죽지 결박을 당해 이 거리 저 거리 종로 네거리를 북치며 조리 돌리고, 삼모장과 치도곤으로 난장 맞을 꿈이로구나. 그 따위 꿈 얘기란 다시 말라! 정강이를 꺾어 놓을 테다."

그래도 까투리는 장끼 아끼는 마음이 간절하여, 입을 다물지 않았다.

"기러기 물가를 울어 옐 제 갈대를 물고 나는 것은 장부의 조심하는 바요, 봉황이 천 길을 날 수 있으되 주려도 좁쌀을 쪼아먹지 않는 것은 군자의 염치라 하오. 당신이 비록 미물이라 하나 군자의 본을 받아 염치를 좀 알 것이며, 백이숙제 주 속을 아니 먹고, 장자방의 지혜 염치 사병벽곡하였으니, 당신도 이런 것을 본받아 근신을 하시려거든 제발 그 콩을 먹지 마오."

그 말을 들은 장끼는 이번에도 그대로 있지 않았다.

"자네 말 참으로 무식하네. 예절을 모르는데 염치를 내 알겠느냐? 안자님 도학 염치로도 삼십엔 더 못 살고, 백이숙제의 충절 염치로도 수양산에서 굶어 죽었으며, 장자방의 사병벽곡으로도 적송자를 따라갔으니 염치도 부질없고 먹는 것이 으뜸이 아니겠느냐. 호타하 보리밥을 문숙이 달게 먹고 중흥 천자가 되었고, 표모의 식은 밥을 달게 먹은 한신도 한나라의 대장이 되었으니, 나도 이 콩 먹고 크게 될 줄 어찌 아느냐?"

까투리는 그래도 가만히 있어선 안 되겠다 싶어서 대꾸했다.

"그 콩 먹고 잘된단 말은 내가 먼저 말하오리다. 잔디 찰방수망으로 황천부사 제수하여 푸른 산을 생이별할 것이오니 내 원망은 부디 마오. 옛 글을 보면 고집 너무 피우다가 패가망신한 자가 적지 않소. 천고 진시황의 몹쓸 부소의 말을 듣지 않고 민심 소동 사십 년에 이세(二世) 때 나라 잃고, 초패왕의 어리석은 고집 범증의 말 듣지 않다가 팔천 명 제자 다 죽이고 면목 없어 자살하고 말았으며, 굴삼녀의 옳은 말도 고집불통 듣지 않다가 진문관에 굳게 갇혀 가련공산 삼혼 되어 강 위에서 우는 새 어복충혼이 부끄럽구료. 당신 고집 너무 피우다가 목숨을 그르칠 것이오."

그렇지만 장끼란 놈이 계속 고집을 부리며 말했다.

"아무렴 콩 먹고 다 죽을까? 옛글을 보면 콩 태(太) 자가 든 사람은 모두 귀하게 되질 않았나. 태곳적의 천황씨는 일만팔천 살을 살았고, 복희씨는 풍성이 상승하여 십오 대를 전했으며, 한 태조 당태종은 풍진 세상에서 창업지주가 되었으니, 오곡 백곡 잡곡 가운데서 콩 태 자가 제일이오. 강태공은 달팔십을 살았고, 시중천자(詩中天子) 이태백은 고래를 타고 하늘에 올랐고 북방의 태을성은 별 가운데 으뜸이 아니오. 나도 이 콩 달게 먹고 태공같이 오래 살고 태백같이 하늘에 올라 태을선관이 될 것이오."

장끼가 끝끝내 고집을 굽히지 않아, 까투리는 할 수 없이 물러났다. 그러자 장끼란 놈이 얼룩 꽁지깃을 펼쳐 들고 꾸벅꾸벅 고갯짓을 하며 조츰조츰 콩을 먹으러 다가가는 것이 아닌가. 반달 같은 혀뿌리로 콩을 꽉 찍으니 두 고패 둥그러지며 머리 위

에서 와지끈 뚝딱 푸드드득 푸드드득 하더니, 장끼 놈이 꼼짝없이 덫에 걸려들고 말았다.

이 꼴을 본 까투리가 기가 막히고 앞이 아득하여 땅을 치며 말했다.

"저런 광경 당할 줄 몰랐던가. 여자 말 잘 들어도 패가하고 계집 말 안 들어도 망신하네."

까투리는 위아래 넓은 자갈밭에 자락 머리 풀어 헤치고 당글당글 뒹굴면서 가슴을 치며 일어나 앉아 잔디풀을 쥐어뜯어 가며 애통해하고, 두 발을 땅땅 구르면서 성을 무너뜨릴 듯이 대단히 절통해했다.

아홉 아들 열두 딸과 친구 벗님네들이 불쌍하다 탄식하며 조문 애곡하니, 가련공산 낙목천에 울음소리만 들릴 뿐이었다.

까투리가 슬퍼 통곡하며 한탄했다.

"공산 야월 두견새 소리 슬픈 회포 더욱 섧구나. 통감에 이르기를 좋은 약이 입에 쓰니 병에는 이롭고, 옳은 말은 귀에 거슬리나 행실에는 이롭다 하였으니 당신도 내 말 들었다면 이런 변고를 왜 당했겠소. 애고 답답하고 불쌍하다. 우리 양주 좋은 금실 누구에게 말할 것인가? 슬피 서서 통곡하니 눈물은 못이 되고 한숨은 비바람이 되는구나. 애고, 가슴에 불이 붙네. 이 내 평생 어찌할꼬?"

그래도 아직 숨이 끊어지지 않은 장끼가 덫 밑에 엎드려서 말했다.

"에라, 이년 요란하다! 호랑이에게 잡아먹힐 줄을 미리 알면 산에 갈 사람 어디 있겠나? 미련은 먼저 오고 지혜는 그 뒤의 일이라 했는데, 죽는 놈이 탈 없이 죽을까? 그것은 그렇다 치고, 사람도 죽고 삶을 맥으로 안다 하니 나도 죽지는 않겠는지 어디 한 번 맥이나 짚어 보소."

까투리는 장끼의 말을 듣고 맥을 짚어 보면서 말했다.

"비위맥은 끊어지고, 간맥은 서늘하고, 태충맥은 굳어져 가고 명맥은 떨어지오. 아이고 이게 웬일이오? 원수요, 원수. 고집불통이 원수요."

장끼란 놈이 몸을 한 번 푸드득 떨고 나서 말했다.

"맥은 그러하나 눈청을 살펴보게. 동자부처는 온전한가?"

까투리는 장끼의 눈청을 살펴보고 나서 한숨을 쉬며 말했다.

"이제는 속절없네. 저편 눈의 동자부처 첫새벽에 떠나가고, 이편 눈의 동자부처는 지금 막 떠나려고 파랑보에 봇짐 싸고 곰방대 붙여 물고 길목버선 감발하네. 애고애고, 이내 팔자 이다지도 기박한가, 상부(喪夫)도 자주 하네. 첫째 낭군 얻었다가 보라매에 채여 가고, 둘째 낭군 얻었다가 사냥개에 물려 가고, 셋째 낭군 얻었다가 살림도 채 못 하고 포수에게 맞아 죽고, 이번

낭군 얻어서는 금실도 좋거니와 아홉 아들 열두 딸을 남겨 놓고 아들딸 혼사도 채 못해서 구복(口復)이 원수로 콩 하나 먹으려다 덫에 덜컥 치였으니 속절없이 영 이별하겠구나. 도화살을 가졌는가, 이 내 팔자 험악하네. 불쌍하다 우리 낭군, 나이 많아 죽었는가, 병이 들어 죽었는가? 망신살을 가졌는가, 고집살을 가졌는가? 어찌하면 살려 낼꼬? 앞뒤에 섰는 아들딸들은 어찌 혼인을 하겠으며 뱃속에 든 유복자 해산구완은 누가 할 것인가? 운림초당 넓은 들에 백년초를 심어 두고 백년해로하겠더니 단 삼 년이 못 지나서 영결종천 이별초가 되었구나. 저렇게도 좋은 풍신 언제 다시 만나 볼꼬? 명사십리 해당화야 꽃 진다고 한탄 마라. 너는 명년 봄이 되면 다시 피려니와 우리 낭군 이번 가면 다시 오기 어렵구나. 미망일세, 미망일세, 이내 몸 미망일세."

까투리가 한참 동안 통곡을 하니, 장끼가 눈을 반쯤 뜨고 말했다.

"자네 너무 서러워 말게. 남편을 자주 잃는 자네 가문에 장가 간 게 내 실수요. 이 말 저 말 잔말 말게. 죽은 자는 다시 살아나지 못하는지라, 이제 다시 보기 어려울 테니 나를 굳이 보겠으면 내일 아침 일찍 먹고 덫 임자를 따라가소. 그러면 이 몸 김천장에 걸렸거나 청주장에 걸렸거나, 그렇지 않으면 감령도나 병영도나 수령도나 관청고에 걸렸든지, 봉물짐에 얹혔든지, 사또

밥상에 오르든지, 그렇지도 않으면 혼인 폐백 건치 되어 있을 것이오. 내 얼굴 못 본다고 서러워 말고 자네 몸 수절하여 정렬부인 되어 주게. 불쌍하다 불쌍하다, 이내 신세 불쌍하다. 우지 마라, 우지 마라, 내 까투리 우지 마라. 장부 간장 다 녹는구나. 자네가 아무리 슬퍼해도 죽는 나만 불쌍하도다."

그러면서 장끼는 안간힘으로 기를 벅벅 썼다. 아래 고패 벋디디고 위 고패를 당기면서 버럭버럭 기를 쓰나 살 길은 전혀 없고 털만 쑥쑥 다 빠져나갔다.

이때 덫 임자인 탁 첨지가 망을 보고 있다가 서피(鼠皮) 회양 모자를 우그려 쓰고 지팡이를 걷어 짚고 허위허위 달려들더니, 장끼를 빼어 들고 희희낙락하며 춤을 추는 것이었다.

"지화자 좋을시고, 안 남산 벽계수에 물 마시러 네 왔더냐? 먹는 걸 밝히면 몸 망치는 줄 모르고서 식탐이 과해 콩 하나 먹으려던 너를 녹수청산에서 내 손으로 잡았구나. 산신님께 치성을 드려 네 구족을 다 잡으리라."

그러더니 장끼의 빗겨 문 혀를 빼내어 바위 위에 얹은 다음 두 손을 합장하며 빌었다.

"아까 놓은 저 덫에 까투리마저 치이게 하옵소서. 나무아미타불 관세음보살."

꾸벅꾸벅 절을 하며 빌기를 마친 탁 첨지는 어깨를 들먹이며 내려갔다.

까투리는 뒤미처 밟아 가서 바위에 엉킨 털을 울며불며 찾아다가 갈잎으로 소렴하고, 댕댕이로 매장하고, 원추리로 명정을 써서 어린 소나무에 걸어 놓았다. 밭머리 사태 난 데 금정 없이 산역하여 하관을 하고, 산신제와 불신제(佛神祭)를 지낸 후 제물을 준비했다. 가랑잎에 이슬을 받아 도토리 잔에 따라 놓고, 속잎대로 수저를 삼아 친가유무 형세대로 그렁저렁 차려 놓았다. 호상의 소임대로 집사를 나누어 정하니, 의관 좋은 두루미는 초헌관이 되었고, 몸 가벼운 제비는 접빈객이 되었으며, 말잘하는 앵무새는 진설을 맡았다. 따오기는 제상 앞에 꿇어앉아 축문을 읽었다.

'유세차 모년 모월 모일 미당 까투리 감소고우 현벽 장끼 학생부군 혼귀둔석 신반실당 신주기성 복유존령 사구종인 시빙시의.'

따오기의 축문이 끝난 뒤 제물을 치울까 말까 하는데, 마침 굶주린 소리개 한 마리가 날아오다가 아래를 내려다보며 말하는 것이었다.

"어느 놈이 만상제냐? 내가 한 놈 데려가리라."

그리고는 득달같이 달려들어 두 발로 꿩 새끼 한 마리를 툭차 가지고 공중으로 높이 떠올랐다. 층암절벽 상상봉에 덥석 올라앉아 이리저리 뒤적뒤적하면서 말했다.

"감기로 몸이 불편하여 십여 일 굶주려 입맛이 떨어졌더니 오늘에야 인간 제일미를 얻었구나. 문어 전복 해삼 찜은 재상의 제일미요, 십년일경 해궁도(海宮桃)는 서왕모(西王母)의 제일미요, 일년장춘 약산주는 상산사호 제일미요, 저절로 죽은 강아지와 꽁지 안 난 병아리는 연 장군의 제일미라. 굵으나 작으나 꿩 새끼 하나 생겼으니 배고픈 김에 먹고 보자."

너울너울 춤을 추다가 아차 하고 돌아보니, 꿩 새끼는 바위 아래 절벽으로 떨어져 어디론지 자취를 감추어 버리고 없었다.

소리개는 어안이 벙벙하고 어처구니가 없어 말했다.

"삼국명장 관공님이 황용도 좁은 길에서 다 잡은 조조를 놓아주었음은 대의를 생각하심이라. 험악한 연 장군도 꿩 새끼를 놓아주었으니, 또한 적선이라. 그러하니 자손이 창성하리로다."

이때 태백산 갈가마귀가 북악을 구경하고 도중에서 배가 고파 요기를 하고 나서, 까투리에게 조문했다. 그런 다음 과실을 나눠 먹고 나서 탄식하여 말했다.

"그 친구 풍신 좋고 심덕 좋아 장수할 줄 알았더니, 분 콩 하나 잘못 먹고 어찌 비명횡사했단 말인가? 가련하고 불쌍하도

다. 우리야 그런 콩 보기로 먹을쏘냐? 여보, 까투리 마누라님, 내 말 좀 들어 보오. 오늘 이 말씀하는 것은 체면상 들린 일이나, 옛날에 이르기를, 장수가 나면 용마가 나고, 문장이 나면 명필이 난다 하였소. 그대는 상부(喪夫)하고 나는 상처(喪妻)하여 오늘에 이르렀으니 이는 곧 삼물조합이 맞음이오. 꽃 본 나비가 불을 망설이며 물 본 기러기가 어옹(魚翁)을 두려워하겠는가. 그 성세와 그 가문 내가 알고, 내 형세와 내 가문 그대가 알 터인즉, 우리 둘이 백년동락 같이함이 어떠하오?”

이 말을 들은 까투리는 한마디로 한심해하며 툭 쏘아붙였다.

“아무리 미물인들 삼년상도 못 마치고 개가하는 것을 누구의 예문에서 보았소? 옛말에 용은 구름을 따르고 범은 바람을 따른다 하였고, 계집은 필히 그 지아비를 따르라 하였거늘, 어찌 임마다 따라가겠소?”

까투리의 말을 들은 까마귀가 자기의 경솔함은 생각지 않고 크게 노하여 말했다.

“가소로운 말이로다! 시전개풍장에 이르기를 유자칠인(有子七人)하되 막위모심(莫違母心)이라 하였으니, 이는 사람도 일곱 아들을 두고 개가해 갈 때 탄식한 말이라. 사람도 그러하거늘 하물며 그대 같은 미물에게 수절이 가당한 말인가? 자고로 까투리의 열녀 족문을 내 일찍이 본 일이 없도다.”

이때 부엉이가 들어와 조문을 끝내고 까마귀를 돌아보며 책망했다.

"몸뚱이도 검거니와 주둥이도 고약하구나. 어른이 오시면 몸을 벌떡 일으켜서 인사를 할 일이지, 일어날 생각도 안 하고 그대로 앉았느냐?"

까마귀는 이 말을 듣고 가만있지 않았다.

"거만한 부엉아! 눈이 우묵하고 귀만 쫑긋하면 다 어른이냐? 내 몸 검다고 웃지 마라. 거죽이 검다 한들 속까지 검을쏘냐? 이 내 몸 응달진 산을 날아다니다가 검어진 것이니라. 내 부리 또한 비웃지 마라. 남월왕 구천도 내 입과 흡사하나 삼시로 장복하고 십 년을 돌아들어 제후왕이 되었느니라. 옛글도 모르면서 어찌 진짜 어른을 꾸짖느냐? 내일 식후에 통문을 놓아 대동회를 방 붙이고 양안에서 제명하리라."

이렇듯 까마귀와 부엉이가 서로 다투고 있을 때, 푸른 하늘에 외기러기가 구름 사이로 떠다니다가 내려와서 목을 길게 늘어뜨리고 좌우를 돌아보며 소리 질러 꾸짖었다.

"너희들이 무슨 어른이냐? 한나라 소자경이 북해상에 십구 년을 갇혀 있을 때 고국 소식 몰라 하기에 편지 한 장을 맡다가 한나라 천자에게 바쳤으니, 이런 일을 보더라도 내가 진정 어른이지 너희들이 무슨 어른이냐?"

이때 앞 연못 물오리가 일곱 번 상처하고 혈육이 하나 없어 후처를 구하고 있었는데, 까투리가 상부했다는 소식을 듣고 통혼도 하지 않은 채 혼인 잔치를 하겠다고 나섰다. 옹옹 명안 기러기로 안부장이를 삼고, 관관저구 진경으로 함진 아비 삼으며, 쾌활 좋은 황새는 후행을 맡고, 소리 큰 왜가리는 길방이를 맡고, 맵시 좋은 호반새는 전감 하인을 맡았다.

이날 전감 하인 호반새가 들어와 뜬금없이 말했다.

"까투리 신부 계신가? 신랑이 들어가시네."

느닷없이 일을 당한 까투리는 울던 울음을 뚝 그치고 말했다.

"아무리 과부가 만만키로 궁합도 보지 않고 억지 혼인을 하자는 법 어디 있소?"

뒤따라오던 오리가 불쑥 나서서 말했다.

"과부 홀아비 만나는데 예절 보고 사주 보랴? 신부 신랑 둘이 만나면 자연히 궁합이 되지 않을까. 그럴 것 없이 택일이나 한번 해 보세. 일상생기, 이중천의, 삼하절체, 사중유혼, 오상화해, 육중복덕일이요 천덕일덕이 합하였으니 오늘 밤이 으뜸이로다. 이성지합(異性之合)은 백복(百福)의 근원이거늘 잔말 말고 잠이나 자세."

슬피 울던 까투리 얼굴에 비로소 웃음이 번졌다.

"곧 죽어도 남자라고 음흉한 말은 제법 하네."

오리가 또 입을 열어 말했다.

"쓸데없는 말은 그만두고 이내 호강 한 번 들어 보소. 영주 봉래 청강수에 모든 신선이 배를 타고 완월장취하는 모습을 구경하고, 소상동성 넓은 물에 홍요백민 집을 삼아 오락가락 노닐면서 은린옥척 좋은 생선을 양껏 장복하니, 천지간에 좋은 생에 물 밖에 또 있는가?"

물에서 사는 오리의 자랑을 듣고, 까투리가 반박했다.

"물 생애가 좋다 한들 육지 생애보다 좋을까? 육지 생애 이를 테니 우리 생애 들어 보오. 평원광야 넓은 들에 오락가락 노닐다가 층암절벽 높은 봉에 허위허위 올라가서 사해팔방을 구경하고, 춘삼월 꽃시절에 객사청청 버들잎 새로울 때 황금 같은 꾀꼬리는 양류 간에 오락가락 춘풍도리 꽃핀 밤에 소쩍새 슬피 울어 초목과 금수라도 심화가 산란하니 그도 또한 경이로다. 추구월 누런 국화 피었을 때 만산에 널린 실과를 주워다가 앞뒤로 쌓아 놓고, 치 장군의 좋은 옷과 춘치자명(春雉自鳴) 우는 소리 고금에 비길 데 없네. 물 생애가 좋다 한들 육지 생애 당하겠소?"

말이 막힌 오리가 할 말이 없어 잠자코 있는데, 그 옆에 조문 왔던 장끼란 놈이 썩 나서서 말했다.

"이내 몸 홀아비로 산 지 삼 년이 지났으나, 마땅한 혼처 없어 외롭게 지내 왔소. 오늘 그대 과부가 되어 내가 조문하러 온 것은 하늘이 정한 배필을 만날 운명이라. 우리 둘이 짝을 지어 아들딸 낳고 장가 시집보내 백년해로함이 어떠한가?"

이 말을 들은 까투리가 얼굴을 살짝 붉히며 말했다.

"죽은 낭군 생각하면 개가하기 야박하나, 내 나이 꼽아 보면 늙도 젊도 아니한 중늙은이라, 숫맛 알고 살림할 나이로다. 오늘 그대 모습 보니 수절할 맘 전혀 없고 음란지심(淫亂之心) 불 붙소. 허다한 홀아비가 예서제서 통혼해 오나, 끼리끼리 논다 하였으니 까투리가 장끼 신랑 따라감이 실로 마땅한 일이오. 아무렴 같이 한 번 살아 봅시다."

까투리는 장끼의 통혼을 쾌히 승낙했다.

까투리의 허락을 얻어 낸 장끼란 놈은 껄껄 푸드득 하더니 벌써 이성지합이 되었다.

이 모양을 멀건히 구경하던 까마귀, 부엉이, 물오리 들은 가차 없이 통혼을 거절당하자 무안해서 훨훨 날아가 버렸다. 손님들도 그 뒤를 따라 모두 다 날아갔다. 깜장새 호루룩, 방울새 딸랑, 앵무, 공작, 기러기, 왜가리, 황새 모두들 날아가 버렸다.

그러자 까투리는 새 낭군을 앞세우고, 아홉 아들 열두 딸을 뒤세우고, 눈보라를 무릅쓰고, 운림벽계로 돌아갔다.

다음 해 삼월 봄이 되니, 아들딸 시집 장가 다 보내고 자웅이

쌍을 지어 명산대천으로 노닐다가 시월이라 십오일에 양주부처 내외가 함께 큰 물속으로 들어가 조개가 되었다.

세상 사람들은 이를 가리켜 치입대수위합이라 하였으니 치위합(雉爲蛤, 꿩이 조개가 됨)이 바로 그것이다.

토끼전

천하의 모든 바다 가운데 동해와 서해와 남해와 북해가 가장 넓었다. 그 네 바다 가운데에 각각 용왕이 있으니 동은 광연왕이요, 남은 광리왕이요, 서는 광덕왕이요, 북은 광택왕이라. 남과 서와 북의 세 왕은 무사태평하되 오직 동해 광연왕이 우연히 병이 들어 천만 가지 약으로도 도무지 효험을 보지 못했다.

하루는 왕이 모든 신하를 모아 놓고 의논했다.

"가련하도다. 과인의 한 몸이 죽어지면 북망산 깊은 곳에 백골이 진토에 묻혀 세상의 영화며 부귀가 다 허사로구나. 이전에 여섯 나라를 통일하여 다스리던 진시황도 삼신산에 불사약을 구하려고 동남동녀 오백 인을 보내었고, 위엄이 사해에 떨치던 한무제도 백대를 높이 짓고 승로반에 신선의 손을 만들어 이슬을 받았으되 하늘 명이 떳떳치 아니하여 필경은 여산의 무덤과 무릉침을 면치 못했거늘, 하물며 나 같은 한쪽 조그마한 나라 임금이야 일러 무엇하리. 누대 상전하던 왕의 기업을 영결하고 죽을 일이 망연하도다. 고명한 의원을 널리 구하여 자세히 진찰한 후에 약으로 치료함이 마땅하도다."

광연왕이 하교했다.

"과인의 병세가 심히 위중하니 경의 무리는 아무쪼록 충성을 다하여 명의를 널리 구하여 과인을 살려서 군신이 더욱 서로 동락하게 하라."

한 신하가 출반주(出班奏)하여 아뢰었다.

"신이 듣자오니, 오나라 범상국이며 당나라 장정군이며 초나라 육처사는 오나라와 초나라 지경에 제일 되는 세 호걸이라 하오니, 세 사람을 찾아보소서."

모두 쳐다보니 선조 적부터 정성을 극진히 하던 공신인데 수천 년 묵은 잉어였다. 왕이 들으시고 옳게 여기시어, 신하를 보내어 그 세 사람을 청하니 수일 만에 모두 왔거늘 왕이 전좌(殿坐)하시고 세 사람을 치사하며 말했다.

"선생들이 천리를 멀리 여기지 아니하시고 누지(陋地)에 왕림하시니 감사하노라."

세 사람이 공경하며 대답했다.

"저희가 진세(塵世) 부생(浮生)으로 청운(靑雲)과 홍진(紅塵)을 하직하고 강산 풍경을 사랑하와 궁벽한 곳에 임의로 왕래하며 무정한 세월을 헛되이 보내옵더니 천만뜻밖에 대왕의 명을 받자오니 황송하옵기 가이 없사옵니다."

왕이 말했다.

"과인이 병든 지 지금 수 년이나 되도록 약 신세도 많이 지었건마는 종시 효험을 보지 못하오니, 선생은 죽게 된 목숨을 살려 주시기를 하늘같이 바라노라."

세 사람이 아뢰었다.

"술은 사람을 미치게 하는 약이오, 색은 사람의 수한(壽限)을 줄이는 근본이라. 대왕이 술과 색을 과도히 하시어 이 지경에 이르심이니 스스로 지으신 죄악이라 수원수구(誰怨誰咎)하시오리까마는 혹은 이르되 사람의 소년 한때 예사라 하오니 저렇듯이 중한 병이 한 번 들면 회춘하기 어려운 병이로소이다. 푸른 산에 안개 걷히듯 봄바람에 눈 슬듯 오장육부가 마디마디 녹아지니 화타와 편작이 다시 살아나도 용수(用手)할 수 없사옵고, 금강초와 불사약이 구산같이 쌓였어도 즉효할 수 없사오며, 인삼과 녹용을 장복하여도 재물이 쌓였어도 대속할 수 없고, 용력(勇力)이 절인(絶人)하여도 제어할 수 없나이다. 이리저리 아무리 생각하여도 국운이 불행하고 천명이 궁진(窮盡)하심인지 대왕의 병환이 평복(平復)되기는 어렵나이다."

왕이 들으시고 정신이 산란하여 말했다.

"그러면 어찌할꼬? 죽을 자는 다시 살지 못하리로다. 이 세상 일 년 일도 저같이 좋은 이삼월 도리화와 사오월에 녹음방초와 팔구월에 황국단풍과 동지섣달 설중매화며, 저렇듯이 아리따운 삼천 궁녀의 아미분대를 헌 신짝같이 바리고 속절없이 황천객이 되오리니, 그 아니 가련하오. 설혹 효험이 없을지라도 선생은 묘한 술법을 다하여 약방문이나 하나 내어주시면 죽어도 한이 없겠노라."

세 사람이 웃으며 말했다.

"생의 말을 들으실진대 방문이나 하여 올리리이다. 상한 병에는 시호탕(柴胡湯)이요, 음허화동(陰虛火動)에는 보음익기전(補陰益氣煎)이요, 열병에는 승마갈근탕(升麻葛根湯)이요, 원기부족증에는 육미지탕(六味之湯)이요, 체증에는 양위탕(養胃湯)이요, 각통에는 우슬탕(牛膝湯)이요, 안질에는 청간명목탕(淸肝明目湯)이요, 풍증에는 방풍통성산(防風通聖散)이라. 천병만약에 대증투제(對症投劑)함이 다 당치 아니하옵고, 신효할 것 한 가지가 있사오니 토끼의 생간이라. 그 간을 얻어 더운 김에 진어(進御)하시면 즉시 평복되시오리이다."

왕이 반갑게 말했다.

"어찌하여 그 간이 좋다 하느냐?"

"토끼란 것은 천지개벽한 후 음양과 오행으로 된 짐승이라. 병을 음양오행의 상극으로도 고치고 상생으로도 고치는 법이라. 토끼 간이 두루 제일 좋은 것이온데, 더구나 대왕은 물속 용신이시오 토끼는 산속 영물이라. 산은 양이요, 물은 음이올 뿐더러 그중에 간이라 하는 것은 더욱 목기(木氣)로 된 것이온즉, 만일 대왕이 토끼의 생간을 얻어 쓰시면 음양이 서로 화합함이라. 그럼으로 신효하시리라 하옵나이다."

말을 마치고 하직하여 말했다.

"녹수청산(綠水靑山) 벗님네와 무릉도원 화류촌(花柳村)에서 만나기로 금석같이 언약하고 왔삽기로 무궁한 회포를 다 못 펴 드리옵고 총총히 하직하니, 바라건대 대왕은 옥체를 천만 보중(保重)하옵소서."

그리고 섬에 내려 백운산으로 표연히 향했다. 왕이 그 세 사람을 보내고 즉시 만조백관을 모아 놓고 하교했다.

"과인의 병에는 토끼의 생간이 제일 신효한 약이요 그 외에는 천만 가지 약이 다 쓸데없다 하니, 나를 위하여 누가 능히 인간 세상에 나가 토끼를 살게 잡아 올꼬?"

문득 일원대장이 출반주하여 아뢰었다.

"신이 비록 재주 없사오나 한 번 인간 세상에 나아가 토끼를 사로잡아 오리이다."

모두 보니 머리는 두루주머니 같고 꼬리는 여덟 갈래로 갈라진 수천 년 묵고 묵은 문어라. 왕이 크게 기뻐하며 말했다.

"경의 용맹은 과인이 아는 바라. 급히 인간 세상에 나아가 토끼를 살게 잡아 면 그 공을 크게 치하하리라."

왕이 장차 문성장군(文盛將軍)으로 봉하려 할 제, 문득 한 장수가 뛰어 내달으며 문어를 크게 꾸짖었다.

"문어야, 네 아무리 기골이 장대하고 위풍이 약간 있다 한들 제일 언변도 넉넉지 못하고 의사도 부족한 네가 무슨 공을 이루겠다 하느냐. 또한 인간 사람들이 너를 보면 영락없이 잡아다가 요리조리 오려 내어 국화 송이며 매화 송이처럼 형형색색으로 갖추갖추 아로새겨 혼인 잔치 환갑잔치에 크고 큰 상의 어물 접시 웃기거리로 긴요하고, 재자가인(才子佳人)의 놀음상과, 공문거족(公門巨族)의 식물상과, 어린아이의 거둘상과, 오입장이 술안주에 구하느니 네 고기라. 무섭고 두렵지 아니하냐? 이 어림 반 푼어치 없는 것아. 나는 세상에 나아가면 칠종칠금(七縱七擒)하던 제갈량과 같이 신출귀몰한 꾀로 토끼를 사로잡아 오기 용이하다."

모두 쳐다보니 그는 수천 년 묵은 자라로, 별호는 별주부라.

문어가 그 말을 듣고 분기충천하여 긴 꼬리 여덟 갈래를 샅샅이 엉벌리고 검붉은 대가리를 설설 흔들면서, 물결이 뛰노는 듯 두 눈을 부릅뜨고 벽력같이 소리를 질러 꾸짖었다.

"요망한 별주부야, 내 말 들어 보아라. 포대기 속에 있는 어린 아이가 감히 어른을 능멸하니, 이는 이른바 범 무서운 줄 모르는 하룻강아지요, 수레 막는 쇠똥벌레로구나. 네 죄를 의논하고 보면 태산도 오히려 가볍고 황하수가 도리어 얕다 하겠으나 그 것은 다 그만 덮어 두고, 첫 번째로 네 모양을 볼작시면 사면이 넓적하여 나무 접시 모양이라. 작고 못생기기로 둘째가라면 대단히 싫어할 터이지. 요따위 자격에 무슨 의사가 들어 있으리오. 그뿐만 아니라 세상 사람들이 너를 보면 잡아다가 끓는 물에 솟구쳐서 자라탕을 만들어 동반(東班) 서반(西班) 세가자제 (勢家子弟) 구하나니, 네 고기라. 네 무슨 수로 살아오랴?"

자라가 반박했다.

"너는 우물 안 개구리라. 오직 하나만 알고 둘은 모르는구나. 중국에서 세상을 주름잡던 초패왕도 해하성에서 패하였고 유럽에서 각국을 응시하던 나폴레옹도 해도 중에 갇혔는데, 요망한 네 용맹을 뉘 앞에서 번쩍이며, 또는 무슨 지식이 있다고 내 지혜를 따르겠느냐. 참으로 내 재주를 들어 보아라. 만경창파 깊은 물에 기엄둥실 사족을 바투 끼고 긴 목을 움치며 넓적이 엎드리면 둥글둥글 수박이오, 편편 넓적 솥뚜껑이라. 나무 베는 초동이며 고기 잡는 어옹들이 무엇인지 모를 터이니 장구하기는 태산이요, 평안하기는 반석이라. 남모르게 다니다가 토끼를 만나 보면 어린아이 젖국 먹이듯 뚜쟁이 과부 호리듯 이 패 저 패 두루 써서 간사한 저 토끼를 두 눈이 멀겋게 잡아 올 것이요, 만일 시운이 불행하여 못 잡아 오는 경우이면 수궁에 돌아와서 내 목을 대신하리라."

문어가 그 말을 들으니 언즉시야라. 할 수 없이 주먹 맞은 감투가 되어 슬쩍 웃으며 뒤통수를 툭툭 치고 흔들흔들 물러나니, 만조백관이 주부의 의사와 언변을 한없이 칭찬하더라.

용왕이 별주부의 손을 잡고 술을 부어 권했다.

"경의 지모와 언변은 실로 놀랍도다. 경은 충성을 다하여 공을 이루어 수이 돌아오면 부귀영화를 대대로 유전하리라."

자라가 다시 엎드려 왕께 아뢰었다.

"소신은 물속에 있사옵고 토끼는 산속에 있사온즉, 그 형용을 자세히 알 수 없사오니 화공을 패초(牌招)하시와 토끼 형용을 그려 주옵소서."

용왕이 옳게 여기어 도화서에 하교하여 화공을 패초하시니, 중국으로 이르면 인물 그리던 모연수와 대 잘 그리던 문여가이며, 조선으로 이르면 산수 그리던 겸재와 나비 잘 그리던 남나

비이며, 그 외에 오도자 김홍도와 같이 유명한 여러 화공이 제제(濟濟)히 등대(等待)했다.

왕이 명하여 토끼의 화상을 그려 들이라 하시니, 화공들이 전교를 듣고 한 처소로 나와 보니 각색 제구가 찬란했다.

고려자기 연적이며 남포청석(藍浦靑石) 용연(龍硯)이며 한림풍월(翰林風月) 해묵(海墨)이며 중산 황모 무심필과 백릉설한(白綾雪寒) 대장지(大壯紙)며, 청황적백 녹자주홍 여러 가지 물감이 전후좌우에 벌려 있었다.

이에 화공들이 둘러앉아서 토끼 화상을 그리는데 각기 한 가지씩 맡아 그려 토끼 한 마리를 만들어 냈다. 하나는 천하명산 승지(勝地) 간에 경개(景槪) 보던 눈, 그리고 또 하나는 두견 앵무 지저귈 때 소리 듣던 귀, 그리고 또 하나는 난초 지초 등 온갖 향초 꽃 따먹는 입, 그리고 또 하나는 방장 봉래 운무 중에 냄새 맡던 코, 그리고 또 하나는 동지섣달 설한풍에 방풍하던 털, 그리고 또 하나는 만학천봉 구름 깊은 곳에 펄펄 뛰던 발을 그리니 두 눈은 도리도리, 앞다리는 짤막, 뒷다리는 길쭉, 두 귀는 쫑긋, 뛸 듯 뛸 듯 천연한 산토끼였다.

왕이 보시고 크게 기뻐하며 모든 화공에게 각기 천금씩 상급하고 그 화본을 자라에게 주며 말했다.

"어서 길을 떠나라."

자라 재배하고 화본을 받아 들고 이리 접고 저리 접쳐 등에다 지자하니 수침(水沈)이 될 것이 염려되었다. 이윽히 생각다가 움친 목을 길게 늘려 한 편에 집어넣고 도로 움츠리니 전후가 도무지 염려 없는지라.

용왕이 신기히 여기며 친히 잔을 들어 권하며 말했다.

"경은 정성을 다하여 큰 공을 이루어 수이 돌아오면 부귀를 한가지로 하리라."

그리고는 즉시 호혜청에 전교하시어 전곡의 다소를 생각지 아니하시고 별주부에게 사송(賜送)하시니, 별주부는 천은에 대단히 감격하여 사은숙배하고 만조백관과 작별한 후 집에 돌아와 처자에게 이별을 고했다.

그때 그 아내가 당부하며 말했다.

"인간은 위지(危地)니 부디 조심하여 큰 공을 세워 가지고 수이 돌아오시기를 천만 축수하옵나이다."

자라가 대답했다.

"수요장단(壽夭長短)이 하늘에 달렸으니 무슨 염려가 있으리오. 돌아올 동안 늙으신 부모와 어린 자식들을 잘 보호하라."

행장을 수습하여 소상강과 동정호의 깊은 물에 허위둥실 떠올라서 벽계산간으로 들어가니, 이때는 방출화류 좋은 시절이었다.

초목군생(草木群生) 온갖 물건이 다 스스로 즐거움을 가져 있으니, 작작(灼灼)한 두견화는 향기를 띠었는데 얼숭얼숭 호랑나비는 춘흥을 못 이기어서 이리저리 흩날리고, 청청한 수양 늘어진 시냇가에 날아드는 황금 같은 꾀꼬리는 벗 부르는 소리로 구십춘광(九十春光)을 희롱하고, 꽃 사이에 잠든 학은 자취 소리에 자주 날고, 가지 위에 두견새는 불여귀(不如歸)를 화답하니 별유천지비인간(別有天地非人間)이었다.

소상강 기러기는 가노라고 하직하고, 강남서 나오는 제비는 왔노라고 현신(現身)하고, 조팝나무 비쭉새 울고, 함박꽃에 뒤웅벌이오, 방울새 떨렁, 물떼새 찍걱, 접동새 접동, 뻐국새 벅, 까마귀 골각, 비둘기 국국 슬피 우니 어찌 아니 놀라겠는가.

천산과 만산에 홍장(紅粧) 찬란하고 앞 시내와 뒤 시내에 흰 깁을 편 듯, 푸른 대나무와 소나무는 천고의 절개요, 복숭아꽃과 살구꽃은 순식간 봄을 봄이라. 기괴한 바윗돌은 좌우에 층층한데 절벽 사이 폭포수는 이 골 물 저 골 물 합수하여 와당탕통텅 흘러가는 저 경개 무진 좋을시고.

그 구경 다 하고 나무 수풀 사이로 들어가 사면으로 토끼 자취를 살피니 각색 짐승 내려온다. 발발 떠는 다람쥐며, 노루, 사슴, 이리, 승냥이, 곰, 돼지, 너구리, 고슴도치, 원숭이, 범, 코끼리, 여우 등이 담비 성성이라. 좌우로 오는 중에 토끼 자취 알 수 없어 움친 목을 길게 늘여 이리저리 휘둘러 살피더니 후면으로 한 짐승 들어오는데 화본과 방불(彷佛)하다. 토끼 보고 그림 보니 영락없는 네로구나. 자라 혼자 마음에 매우 기뻐하여 진가를 알려 할 때 저 짐승 거동 보소. 혹 풀도 뜯적이며 싸리순도 뜯적이며 층암절벽 사이에 이리저리 뛰어 뺑뺑 돌며 할금할금 강똥강똥 뛰놀거늘 자라 음성을 높여 점잖게 불렀다.

"고봉준령에 신수도 좋다. 저 친구, 그대 토 선생이 아니신가? 나는 본시 수중호걸이러니 양계에 좋은 벗을 얻고자 널리 구했는데, 오늘이야 산중호걸 만났도다. 기쁜 마음으로 청하노니, 선생은 부디 허락해 주시오."

토끼가 저를 대접하여 청함을 듣고 점잖은 체하며 대답했다.

"거 뉘라서 날 찾는고. 산이 높고 골이 깊은 이 강산 경개 좋은데, 날 찾는 이 거 뉘신고. 수양산에 백이숙제가 고비를 캐자고 날 찾는가, 소부 허유가 영천수에서 귀 씻자고 날 찾는가. 부춘산 엄자릉이 밭 갈자고 날 찾는가, 면산에 불탄 잔디 개자추가 날 찾는가. 한 천자의 스승 장량이 퉁소 불자고 날 찾는가, 상산사호 벗님네가 바둑 두자고 날 찾는가. 굴원이 물에 빠져 건져 달라 날 찾는가, 시중천자 이태백이 글 짓자고 날 찾는가. 주덕송 유령이 술 먹자고 날 찾는가, 염락관민 군현들이 풍월 짓자 날 찾는가. 석가여래 아미타불 설법하자 날 찾는가, 안기생 적송자가 약 캐자고 날 찾는가. 남양 초당에 제갈 선생 해몽하자 날 찾는가, 한 종실 유황숙이 모사 없어 날 찾는가. 적벽강 소동파가 선유(船遊)하자 날 찾는가, 취옹정 구양수가 잔치하자 날 찾는가."

두 귀를 쫑그리고 사족을 자주 놀려 가만히 와서 보니, 둥글넙적 거뭇 편편하거늘 괴이하게 여겨 주저할 즈음에 자라가 연하여 가까이 오라 부르거늘, 그리하라 하고 곁에 가서 서로 절하고 잘 마주 앉았다. 대객(待客)의 초인사로 당수복 백통대와 양초 일초 금강초며 지권연 여송연과 금패 밀화 금강석 물부리는 다 던져 두고 도토리통에 싸리순이 제격이라.

자라가 먼저 말을 꺼냈다.

"토 공의 성화는 들은 지 오랜지라, 평생에 한 번 보기를 원하였더니 오늘이 무슨 날인지 호걸을 상봉하니 어찌하여 서로 보기가 이다지 늦느뇨?"

토 선생이 대답했다.

"세상에 나서 사해를 편답(遍踏)하며 인물 구경도 많이 하였으되 그대 같은 박색은 보던 바 처음이로다. 담 구멍을 뚫다가 정강이뼈가 빠졌는가 발은 어이 뭉둑하며, 양반보고 욕하다가 상투를 잡혔는가 목은 어이 기다라며, 색주가에 다니다가 한량패에 밟혔는가 등은 어이 넓적하고, 사면으로 돌아보니 나무접시 모양이로다. 그러나 성함은 뉘댁이라 하시오? 아까 한 말은 다 농담이니 거기 대하여 너무 노여워하지 마시기 바랍니다."

자라가 그 말을 듣고 불쾌하지만 마음을 흠뻑 돌려 녹진히 참고 대답했다.

"내 성은 별이요, 호는 주부로다. 등이 넓기는 물에 다녀도 가라앉지 아니함이요, 발이 짧은 것은 육지에 다녀도 넘어지지 아니함이요, 목이 긴 것은 먼 데를 살펴봄이요, 몸이 둥근 것은 행세를 둥글게 함이라. 그러므로 수중에 영웅이요, 수족(水族)에 어른이라. 세상에 문무겸전하기는 나뿐인가 하노라."

토끼가 말했다.

"내가 세상에 나서 만고풍상을 다 겪다시피 하였으되 그대 같은 호걸은 이제 처음 보는도다."

자라가 말했다.

"그대 연세가 어떻게 되길래 그다지 경력이 많다 하는가?"

토끼가 대답했다.

"내 나이로 말하자면 육갑을 몇 번이나 지냈는지도 모를 터이오. 소년 시절에 월궁에 가 계수나무 밑에서 약방아 찧다가 유궁후예의 부인이 불로초를 얻으러 왔기로 내가 얻어 주었으니 이로 보면 삼천갑자 동방삭은 내게 시생(侍生)이오, 팽조의 많은 나이 내게 대하면 구상유취(口尙乳臭)요, 종과 상전이라. 이러한즉 내가 그대에게 몇십 갑절 존장(尊長)이 아니겠는가."

자라가 말했다.

"그대의 말이 참 자칭천자라 하는 것과 다름이 없구려. 아무튼 내가 한 일을 대강 말할 터이니 좀 들어 보아라. 모르면 모르거니와 아마 놀래기가 십상팔구일 것이다. 어찌 그런고 하니, 반고씨 생신날에 산곽(産藿) 진상 내가 하고, 천황씨 등극하실 때에 술안주 어물진상 내가 하고, 지황씨의 화덕왕과 인황씨의 구주(九州)를 마련하던 그 사적을 어제까지 기억하며, 유소씨의 나무 얽어 깃들임과 수인씨의 불을 내어 음식 익혀 먹는 일을 나와 함께했고, 복희씨의 팔괘(八卦)로 용마(龍馬) 하도수를 나와 함께 풀어냈고, 공공씨가 싸우다가 하늘이 무너져서 여와씨가 오색 돌로 보첨(補添)할 제 석수 편수를 내가 하고, 신농씨가 장기 내고 온갖 풀을 맛보아서 의약을 마련할 제 내가 역시 참견했고, 헌원씨가 배 지을 제 목방 패장 내가 하고, 탁록 들에서 치우가 싸울 적에 돌기를 내가 천거하여 치우를 잡게 하고, 금천씨의 봉조서와 전욱씨의 제신(制臣)하던 술법 내가 훈수하고, 고신씨가 자언기명(自言其名)하던 것을 내 귀로 들었고, 요임금의 강구(康衢) 노래 지금까지 흥락하고, 순임금의 남풍가(南風歌)는 어제 들은 듯 즐거워라. 우임금의 구년 홍수 다스릴 제 그 공덕을 내가 찬성하고, 탕임금의 상림(桑林) 들에서 비 빌던 일이며, 주나라 문왕 무왕과 주공의 찬란하던 예악 문물이 다 눈에 역력하고, 서해 바다 태평양에 유람 갔다가 굴원이 명라수에 빠질 적에 구하지 못한 것이 지금까지 유한이라. 이로 헤아려 보면 나는 그대에게 몇백 갑절 왕존장(王尊長)이 아니신가? 그러나 저러나 재담은 그만두고 세상 사는 재미나 서로 이야기하여 보세."

토끼가 말했다.

"인간 재미를 말하고 보면 재미가 나서 오줌을 졸졸 쌀 것이니, 더 둥글넓적한 몸이 오줌에 빠져서 선유하느라고 헤어나지 못할 것이니 그 아니 불쌍한가?"

자라가 말했다.

"어찌하였던지 대강 말해 보라."

"심산 풍경 좋은 곳에 산봉우리는 칼날같이 하늘에 꽂혔는데 배산임류(背山臨流)하여 앞에는 춘수만사택(春水滿四澤)이요, 뒤에는 하운(夏雲)이 다기봉(多奇峰)이라. 명당에 터를 닦고 초당 한 칸 지어 내니, 반 칸은 청풍이오 반 칸은 명월이라. 흙섬돌에 대사리짝이 정쇄(精灑)하기 다시없다. 학은 울고 봉은 나는도다. 뒷산에서 약을 캐고 앞내에서 고기 낚아 입에 맞고 배부르니, 이 아니 즐거운가? 청천에 밝은 달은 조요하되, 만학천봉에 문이 홀로 닫혔도다. 한가한 구름은 그림자를 희롱하니 별유

천지비인간이라. 몸이 구름과 같아 세상 시비 없고 보니 내 종적을 그 뉘 알랴. 추위가 지나가 더위가 오니 사시(四時)를 짐작하고, 날이 가고 달이 오니 광음을 나 몰라라. 녹수청산 깊은 곳에 만화방초(滿花芳草) 우거지고, 난봉과 공작새의 서로 부르는 소리 이 봉 저 봉 풍악이오, 앵무새와 두견새며 꾀꼬리의 소리 이 골 저 골 노래로다. 석양에 취한 흥을 반쯤 띠고 강산 풍경 구경하며 곤륜산 상상봉에 흰 구름을 쓸어 치고 지세 형편 굽어보니 태산은 청룡이오, 화산은 백호로다. 상산은 현무 되고 형산은 주작이라. 소상강과 팽려택으로 못을 삼고, 황하수와 양자강 무제의 백량대는 눈가에 의의하다.

적벽강의 무한한 경개를 풍월로 수작하고, 아미산의 반달 빛은 취중에 희롱하며, 삼신산에 불로초도 뜯어 먹고 동정호에 목욕도 하다가 산속으로 돌아드니, 층암은 집이 되고 낙화는 자리 삼아 한가히 누웠으니, 수풀 사이 밝은 달은 은근한 친구 같고, 소나무에 바람 소리 은은하거늘 돌베개에 높이 누워 취흥에 잠이 드니 어디에선가 학의 소리가 잠든 나를 깨우는구나. 이윽고 일어나 한산(寒山) 석경(石徑) 빗긴 길에 청려장을 의지하고 이리저리 배회하니 흰 구름은 천리만리 덮여 있고 밝은 달은 앞 시내와 뒤 시내에 엉혔더라. 산이 첩첩하니 청천 밖에 떨어지고, 물이 잔잔하니 이수는 백로주에 갈라져 있도다. 도도한 이

내 몸이 산수 간에 누웠으니 무한한 경개는 정승 주어도 아니 바꾸고 노닐러라.

동녘 둔덕에 올라 휘파람 부니 한가하기 측량없고, 앞 시내를 굽어보며 글 지으니 흥미가 무궁하다. 오동에 밝은 달은 가슴에 비치고, 양류에 맑은 바람 얼굴에 분다. 청풍명월이 그 아니 내 벗인가. 병 없이 성한 이 내 몸이 희황세계(羲皇世界)에 한가한 백성이 되니, 중도 아니며 속한도 아니요, 오직 평지의 신선이라. 강산 풍경을 임의대로 희롱한들 그 뉘라서 시비하랴. 이화 도화 만발하고 푸른 버들 휘어지니 동서남북 미색들은 시냇가에 늘어 앉아 섬섬옥수를 넌짓 들어 한가로이 빨래할 제, 물 한 줌 덤벅 쥐어다가 연적 같은 젖통이를 슬근슬쩍 씻는 양은 요지연(瑤池宴)과 방불하고, 어진 오월이라 단오일에 녹음방초 우거지고 녹의홍상 미인들이 버들 가에 그네 매고 짝지어 추천하는 모양은 광한루 경개가 완연하다. 풍류호걸 이 내 몸이 저러한 절대가인 구경하니 아마도 세상 재미는 나뿐인가 하노라."

자라가 웃으며 말했다.

"허허 우습도다. 우리 수궁 이야기 좀 들어보소. 오색구름 같은 곳에 진주궁과 자개 대궐 반공(半空)에 솟았는데 일월이 명랑하다. 이 가운데 날마다 잔치요, 잔치마다 풍류로다. 연꽃 같은 용녀들은 쌍쌍이 춤을 추며 천일주와 포도주며 금강초 불사약을 유리병과 호박잔에 신선하게 담고 담아, 대모소반(玳瑁小盤) 받쳐다가 앞앞이 늘어놓고 '잡수시오.' 권할 제 정신이 상활(爽豁)하고 심정이 황홀하니 헛장단이 절로 난다. 아미산에 반바퀴 달과 적벽강의 무한한 경개며, 방장 봉래 영주산을 역력히 구경하고 선유하며 돌아올 제, 채석강, 양자강, 소상강, 동정호, 팽려택, 대동강, 압록강을 임의로 왕래하니, 흰 이슬은 강 위에 비껴 있고 물빛은 하늘을 접했도다. 한들한들한 돛대는 만경창파를 업수이 여기는 듯, 떨어진 노을은 외따오기와 같이 날고 가을 물은 긴 하늘과 한빛일세.

삼강(三江)으로 옷깃 삼고 오호(五湖)로 띠를 하니 오나라 초나라도 동남으로 터져 있고, 만형을 당기고 구월을 이끄니 하늘과 땅은 밤낮으로 떠 있구나. 평평한 모래에 기러기는 떨어지고 흰 갈매기 잠들 때라. 지극히 슬픈 퉁소로 어부사(漁父詞)를 화답하니 깊은 구렁에 숨은 교룡을 춤추게 하고 외로운 배에 있는 과부를 울리는도다. 달이 밝고 별은 드문드문한데 가막까치 남쪽으로 날아간다.

이 적에 순임금의 두 아내 아황 여영의 비파 소리는 울적함을 소창(消暢)하고 길 건너 장사하는 계집아이의 부르는 후정화(後庭花) 곡조는 회포를 자아낸다. 한밤에 은은한 쇠북 소리 한산절이 그 어디며, 바람 편에 역력한 방망이 소리는 강촌이 저기로다. 초나라 강과 오나라 물에서 고기 잡는 어부들은 애내곡(欸乃曲)을 화답하고, 금못과 옥섬에 연 캐는 계집들은 상사곡(相思曲)을 노래하니, 아마도 별건곤(別乾坤)은 수부(水府)뿐이로다. 그러나 나의 말은 다 정말이어니와 그대 하는 말은 백 가지에 한 가지도 취할 것 없이 흉한 말은 감추고 좋은 말만 자랑하니, 그 형식으로 꾸며 냄을 내 어찌 모르리오. 그대 신세 생각하니 여덟 가지 어려움을 면하기 어렵도다. 두 귀를 기울이고 자세히 들어 보라.

동지섣달 엄동절에 백설은 흩날리고 층암절벽 빙판 되고 만학천봉 막혔으니 어디 가서 접족(接足)할까. 이것이 첫째로 어려움이오. 돌구멍 찬 자리에 먹을 것 전혀 없어 콧구멍을 핥을 적에 냉한 땀이 질질 흘러 사지가 불평할 제 팔자타령 절로 나니 이것이 둘째로 어려움이오. 오뉴월 삼복 중 산과 들에 불이 나고 시냇물이 끓을 적에 산에서는 기름 내고 털끝마다 누린내라. 짧은 혀를 길게 빼고 급한 숨을 헐떡일 제 그 정상이 오죽할까. 이것이 셋째로 어려움이오. 춘풍이 화청한 때 풀잎이나 뜯어 먹자 하고 산간으로 들어가니 무심중에 독한 수리 두 쪽지를 옆에 끼고 살 쏘듯이 달려들 제 두 눈에 불이 나고 적은 몸이 솟구쳐 바위틈으로 들어갈 제 혼비백산 가련하다. 이것이 넷째 어려움이오. 천방지축 달아나서 조용한 데 찾아가니 매 쫓는 사냥

꾼은 높은 봉에 우뚝 서서 근력 좋은 몰이꾼 시켜 냄새 잘 맡는 사냥개를 워리 하고 부르면 동에도 가며 서에도 가며 급히 쫓아 올 제, 발톱이 뭉그러지며 진땀이 바짝 나니 이것이 다섯째 어려움이오. 죽을 뻔한 후에 사냥 포수 일자총을 들어 메고 길목에 질러 앉아 탄환 장약하여 염통 줄기 겨냥하고 방아쇠를 당길 적에 꼬리를 샅에 끼고 간장이 말라지며 간신히 도망하여 숨을 곳을 찾아가니 죽을 뻔한 댁이 그대 아닌가. 이것이 여섯째 어려움이오. 알뜰히 고생하고 산림으로 달아드니 얼숭덜숭한 천근 대호(大虎) 철사같이 모진 수염 위엄 있게 거스리고 웅크려서 가는 거동 에그 참말 무섭도다. 소리는 우레 같고 대가리는 왕산(王山) 덩이만 하며 허리는 반달 같고 터럭은 불빛 같구나. 칼 같은 꼬리를 이리저리 두르면서 주홍 같은 입을 열고 써레 같은 이빨을 딱딱이며 번개같이 날랜 몸을 동서남북 번뜩이며 좌우로 충돌하여 이 골 저 골 편답하며 돌도 툭툭 받아 보며 나무도 똑똑 꺾어 보니 위풍이 늠름하고 풍채도 씩씩하여 당당한 산군(山君)이라. 제 용맹을 버럭 써서 횃불 같은 두 눈깔을 번개같이 휘두르며 톱날 같은 앞발을 떡 벌리고 숨을 한 번 씩 하고 쉬면 수목이 왔다 갔다 하고 소리 한 번 웅하고 지르면 산악이 움죽움죽할 제 정신이 아득하니 이것이 일곱째 어려움이오. 죽을 것을 면한 후에 평원광야로 달아드니 나무 베는 목동이며 소

먹이는 아이들은 창검과 몽치를 들고 달려들어 제잡담(除雜談)하고 치려 할 제 목구멍에 침이 말라 지향 없이 도망하니 이것이 여덟째 어려움이라. 이렇듯 궁곤할 제 무슨 경황에 삼신산에 가 불로초를 먹으며 동정호에 가 목욕할꼬. 그대의 말은 다 자칭 왈 영웅이라 함이니 그 아니 가소로운가. 아마도 실없는 중 땅강아지 아들 자네로세. 그러나 이것은 실없는 농담이니 과히 노여워하지는 마시오."

토끼가 다 들은 후에 민망해하며 말했다.

"소진(蘇秦) 장의(張儀) 구변(口辯)인지 말씀도 잘도 하고, 소강절(邵康節)의 추수(推數)인지 알기도 영험하다. 남의 단처(短處) 너무 떠벌리지 마시오. 듣는 이도 소견 있소. 만고(萬古) 대성(大聖) 공자도 진채액(陳蔡厄)에 욕보시고, 천하장사 초패왕도 대택(大澤) 중에 빠졌으니, 화와 복이 하늘에 있고 궁하고 달함이 명수(命數)에 달렸거늘, 그대는 수부에서 여간 호강깨나 한다고 산간처사로 붙어 있는 나를 그다지 괄시하니 무슨 까닭인지 도무지 알 수 없노라."

토끼의 말에, 자라가 변명하듯이 말했다.

"그런 것이 아니라 친구끼리 좋은 도리로 서로 권하려 함이노라. 옛글에 일렀으되 위태한 방위에는 들어가지 말고 어지러운 나라에는 있지 말라 하였거늘, 그대는 어찌하여 이같이 분요(紛

擾)한 세상에서 사느뇨. 이제 나를 만난 김에 이 요란한 풍진을 하직하고 나를 따라 수부에 들어가면 선경도 구경하고, 천도 반도 불사약과 천일주 감홍로 삼편주를 매일 장취하고, 구중궁궐 같은 높은 집에 무산선녀 벗이 되어 순임금에 오현금과 왕대욱의 옥통소와 춘면곡 양양가를 시시로 화답하는데, 악양루 경개도 보며, 등왕각에 잔치하고, 황학루에서 글도 지으며, 봉황대에서 술도 먹고, 태평건곤 마음대로 노닐 적에 세상 고락 꿈속에 붙여 두고 조금이나 생각할까?"

토끼가 그 말을 듣고 수상히 여기며 고개를 흔들었다.

"어허 싫다. 그대 말은 비록 좋으나 아마도 위태하지 싶다. 속담에 이르기를 노루 피하면 범 만난다 하고, 불가대명(佛家大命)은 독 안에 들어가도 못 면한다 하였으니, 육지에서 살다가 무슨 외입으로 공연스레 수궁에 들어가리오. 수궁 고생이 육지 고생보다 더하지 말라는데 어디 있으며, 또는 제일 당장 첫째 고생이 두 콧구멍 멀쩡하게 뚫렸지만 호흡을 통치 못할 터이니 세상 만물이 숨 못 쉬고 어이 살며, 사지가 멀쩡하여도 헤엄칠 줄 모르거니 만경창파 깊은 물을 무슨 수로 건너갈꼬. 팔자에 없는 남의 호강을 부질없이 심욕 내어 이 세상을 하직하고 그대를 따라 수궁에 들어가다가는 필연코 칠성(七星) 구멍에 물이 들어 할 수 없이 죽을 것이니, 이 내 목숨 속절없이 고기 배때기 속에 장사 지내면 임자 없는 내 혼백이 창파 중에 고혼이 되어, 어하(魚蝦)로 벗을 삼으면, 일가친척 자손 중에 그 뉘라서 나를 찾을까. 콩으로 메주를 쑤고 소금으로 장을 담는다 하여도 도무지 곧이들리지 아니하니 다시는 그따위 말로 권치 말라."

자라가 웃으며 말했다.

"그대가 한 가지만 알고 두 가지는 알지 못하는구나. 옛글에 이르되 강의 먼 곳을 한 갈대로 건너간다 하였으니, 조주의 선비인 여선문은 광묘궁에 들어가서 상량문 지어 주고, 천하 문장 이태백은 고래를 타고 달 건지러 들어가고, 삼장법사는 약수 삼천리를 건너가서 대장경을 내어 오고, 한나라 사신 장건은 뗏목을 타고 은하수에 올라가서 직녀의 지기석(支機石)을 주워 오고, 서왕 세계 아란존자는 연잎에 거북을 타고 만경창파를 임의로 헤치니, 저의 목숨이 하늘에 달렸거든 공연히 죽을쏜가. 대장부로 태어나 이대도록 잔망할까? 대저 군자는 사람을 못 쓸 곳에 천거하지 아니하니 어찌 그대를 못 쓸 곳에 지시하리오.

맹자 가라사대 군자는 가히 속을 듯한 방술로 속인다 하고, 또 어지러운 나라에 있지 아닐 것이라 하였으니, 이 점잖은 체모에 부모의 혈육을 가지고 반점이나 턱이 없는 거짓말을 하겠나. 천금상에 만호후(萬戶候)를 봉하고, 밥 위에 떡을 얹어 준다 할지라도 아니하려거든, 하물며 아무 해도 없고 이도 없는 일에 무슨 억하심정으로 위태한 지경에 빠지게 하리오.

또한 그대의 상을 보니 미색이 누릇누릇 헷득헷득하야 금빛을 띠었으니 이른바 금생어수(金生於水)라. 물과 상생이 되어 조금도 염려 없고, 목이 기다라니 고향을 바라보고 타향살이 할 기상이오, 하관이 뾰족하니 위로 구하면 역리가 되어 매사가 극란하되, 아래로 구하면 순리가 되어 만사가 크게 길할 것이오, 두 귀가 희고 준수하니 남의 말을 잘 들어 부귀를 이룰 것이오, 미간이 탁 트여 화려하니 용문에 올라 이름을 빛낼 것이오, 음성이 화평하니 평생에 험한 일이 없을 것이라.

그대의 상격(相格)이 이와 같이 가지가지 구격(俱格)하니, 일후의 영화부귀가 무궁하여 행락으로는 당명황의 양귀비며, 한무제의 승로반이오, 팔자로는 백자천손 곽자의요, 부자로는 석숭이요, 풍악으로 요임금의 대황곡과 순임금의 봉조곡과 장자방의 옥통소가 자재(自在)하고, 유시로 사마상여(司馬相如) 거문고에 탁문군이 담을 넘어올 것이요, 또는 농락 수단으로 말하고 보면, 언변에는 육국 종횡하던 소진 장의에게 양두(讓頭)할 것 전혀 없고, 경륜에는 팔진도(八陳圖)로 지휘하던 제갈량이 바로 적수에 지나지 못할 것이니, 이러한 기골 풍채와 경영 배포가 천고에 제일이요, 당시에 독보할 경천위지(經天緯地)의 영웅호걸이나, 그대가 팔팔 뛰는 버릇이 있음으로 본토에만 묻혀 있어서는 이 위에 여러 가지 복락을 결단코 한 가지도 누리지 못하고, 도리어 전일과 같이 곤란한 재앙만 돌아올 것이오. 본토를 떠나 외지로 뛰어가야만 분명코 만사여의할 것이니, 내 말을 일호라도 의심치 말고 이번에 나와 함께 수부로 들어가기를 결단하라. 정말이지 나처럼 친구를 잘 인도하는 사람을 만나 보기도 그대 평생 처음일 걸세. 토선생 댁에 복성이 비춰었나니."

토끼가 아직도 의심하며 말했다.

"나의 기상도 이와 같이 출중하거니와 형의 관상하는 법 신통하다마는 대저 수요궁달(壽夭窮達)이라 하는 것이 뚝 다 상설(相說)로 되는 일이 없나니, 치부할 상이면 태산 상상봉 백운대 꼭대기에 누웠어도 석숭의 재물이 절로 와서 부자가 될 것이며, 장수할 상이면 걸주(桀紂)의 포락(泡烙)하는 형벌을 당하여도 살아날 수 있겠는가? 누구든지 제 상만 믿고 행신하다가는 패가망신이 십상팔구 되느니라."

자라가 말했다.

"그대는 저물도록 무식한 말만 하는도다. 누구든지 자기 관상대로 되는 것이니, 그 실한 증거로 융준용안(隆準龍眼) 한태조는 사상의 정장(亭長)으로 창업한 임금이 되셨고, 용자일표(龍姿逸飄) 당태종은 서생으로서 나라를 얻고, 백면대이(白面大耳) 송태조는 필부로서 천자 되고, 금반대 채택이는 범수를 대신하

153

여 정승이 되었고, 그외 여러 영웅호걸이 다 관상대로 되었으니 왕후와 장상이 어찌 씨가 있다 하리까?

옛말에 일렀으되 범의 굴에 들어가지 아니하면 어찌 범의 새 끼를 얻으리오 하였으니, 대장부가 세상에 나서 자기 일신 사업을 할진대, 되면 좋고 아니 되면 말자 하고 노질부질하여 볼 것이지, 그까진 것 무엇이 무서워서 계집아이 태도처럼 요리 빼꼿 조리 빼꼿 저물도록 시간만 허비하리요. 그대가 바위 구멍에 홀로 있어 무정한 세월을 보내고 초목과 같이 썩어지면 거 뉘라서 토 처사가 세상에 나 있는 줄 알겠는가. 이는 형산의 흰 옥이 진토 중에 묻힌 모양이니, 영웅호걸이 초야에 묻혀 있어 때를 만나지 못함이라. 도토리와 풀잎이며 칡순과 잔디 싹이 그다지 좋은가? 천일주와 불사약에 비하면 어떠하며, 돌구멍 찬 자리에 벗 없이 누워 있는 것이 그리도 좋은가? 분벽사창(粉壁紗窓) 반쯤 열고 운문병풍(雲紋屛風) 그림 속에 원앙금침 비단 요에 절대가인 벗이 되어 밤낮으로 희롱하는 그 행락에 비할진대 과연 어떠하겠느냐? 그대의 말은 졸장부의 말이오, 내가 하는 말은 당당한 정론 아닌가? 만단(萬端)으로 호의를 가지고 유예미결(猶豫未決)하는 자는 자고로 매사불성(每事不成)하는 법이라.

옛날에 한신이 괴철의 말을 듣지 않다가 팽구(烹狗)의 화를 당하고, 대부 종이 범려의 말을 들었던들 사금의 환이 없었으리니, 내 어찌 전에 일을 증험하여 후에 일을 도모치 아니하리오. 이제 내 말을 듣지 아니하고 후일에 나를 보고자 하려다가는 그대의 고조가 다시 살아와도 정말 할 수 없으리니, 때가 한 번 가면 다시 오지 않느니라. 후회하면 무엇하리오. 세상인심은 처음 좋아하다가 나중 되면 헌신같이 버리거니와, 우리 수부는 동무 한 번 천거하면 시종이 여일하니 앞길을 열어서 세상에 나서기에 이렇게 좋은 곳은 구하여도 얻지 못하리라."

이 말을 들은 토끼는 든든하기가 태산쯤 되는지라, 마음에 한 반턱이나 속아 고스란히 듣고 밑구멍이 옴질옴질하여 쌩긋쌩긋 웃으며 말했다.

"내 형을 보매 시체(時體) 사람은 아니로다. 의량이 넓고 선심이 거룩하여 위인이 관후하니 평생에 남을 속일쏜가? 나 같은 부생(浮生)을 좋은 곳에 천거하니 감격하기 측량없으나 수부에 들어가서 벼슬이야 쉬울쏘냐."

자라가 이 말을 듣고 웃으며 속으로 생각했다.

'요놈 인제야 속았구나.'

자라가 흔연히 대답했다.

"그대가 오히려 경력이 적은 말이로다. 역산(歷山)에서 밭을 가시던 순임금도 당요(唐堯)의 천자 위(位) 수선(受禪)하고, 위수(渭水)에서 고기 낚던 강태공도 주문왕의 스승 되고, 산야에서 밭 갈던 이윤도 탕임금의 아형(阿兄) 되고, 부암에서 담 쌓던 부열도 은고종의 양필(良弼) 되고, 소 먹이던 백리해도 진목공의 정승 되고, 표모(漂母)에게 밥 빌던 한신도 한태조의 대장 되었으니, 수부나 인간이나 발천하기는 일반이라.

이런 고로 밝은 임금이 신하를 가리고 어진 신하가 임금을 가리나니, 우리 대왕께서는 성신(誠信)하시고 문무하사 한 가지 능과 한 가지 지조가 있는 선비라도 벼슬 직책을 맡기시고, 닭처럼 울고 개처럼 도적질하는 유라도 버리지 아니하시는지라. 이러하기로 나같이 재주 없는 인물로도 벼슬이 주부 일품 자리에 외람히 올랐거늘, 하물며 그대같이 고명한 자격이야 들어가면 수군절도사는 따 놓은 당상이지 어디 가겠나. 타작말 만한 황금인 덩이를 허리 아래에 빗겨 차고 안올림 벙거지에 동다리 구군복하고 동개 차고 등채 집고 집채 같은 준총 위에 높이 앉아 호강영 바람에 어라 게 물러 있거라, 앞뒤 별배며 에이 기록 좌우 기수 소리 어깨춤이 절로 나고, 장창 대검은 절렁 데그럭 쉬우 아료 소리에 호령이 절로 나리니, 이것이 대장부의 쾌활한 기상이오, 또한 신수 좋은 얼굴을 능연각(凌煙閣)에 걸어 두고 춘추에 빛난 이름을 죽백(竹帛)에 드리우리니, 이것이 기남자(奇男子)의 보배로운 영광이라. 이 어찌 아름답지 아니하리오. 바로 말이지 토끼 가문 중에 시조(始祖) 되기는 염려가 조금도 없을 터이니라."

토끼가 웃으며 말했다.

"형의 말은 그럴듯하나 어제 밤에 나의 꿈이 불길하여 마음이 종시 꺼림칙하도다."

자라가 말했다.

"내가 젊어서 약간 해몽하는 법을 배웠으니, 그대의 몽사(夢事)를 들려 달라."

토끼가 꿈 이야기를 했다.

"칼을 빼서 배에 대고 몸에 피 칠을 하니, 아마도 좋지 못한 정상을 당할까 염려되노라."

자라가 책망하여 말했다.

"매우 좋은 몽사를 가지고 공연히 사념하는구려. 배에 칼을 대었으니 칼은 금이라 금띠를 띨 것이요, 몸에 피 칠을 하였으니 홍포(紅袍)를 입을 징조라. 물망이 일국에 무거우며 명성이 팔방에 떨칠지니, 이 어찌 공명할 길한 꿈이 아니며 부귀할 좋은 꿈이 아니리오. 공자의 주공을 보고 귀인 성인의 꿈이요, 장자의 나비 된 꿈은 달관의 꿈이요, 공명의 초당 꿈은 선각의 꿈이요, 그 외 누구누구의 여간 꿈이라 하는 것이 무비관몽(無非觀夢)이요, 개시허몽(皆是虛夢)이로되 오직 그대의 꿈은 몽사 중에 제일 갈 꿈이니 수궁에 들어가면 만인 위에 거할지라. 그 아니 좋을쏜가."

토끼가 점점 곧이듣고 조금조금 달려들며, 당상의 인(印) 꿈을 지금 당장 차는 듯이 희색이 만면하여 말했다.

"노형의 해몽하는 법은 참 귀신 아니면 도깨비라 할 만하오. 소강절 이순풍이 다시 살아온들 이에서 더할쏜가. 아름다운 몽조가 이미 나타났으니 내 부귀는 어디 가랴. 떼어 놓은 당상은 좀이나 먹지. 그러나 만경청파를 어지 득달할꼬?"

자라가 매우 기뻐하며 말했다.

"그대는 조금도 염려 말라. 내 등에만 오르면 아무리 걸주 같은 풍파라도 파선할 염려 전혀 없이 순식간에 득달할 터이니 그런 걱정은 행여 두 번도 마시오."

토끼 웃으며 말했다.

"체면 도리상에 형을 타는 것이 대단히 미안하잖소. 어찌해야 좋을는지요?"

"형이 오히려 졸직(卒直)은 하도다. 위수에 고기 낚던 여상은 주문왕과 수레를 한가지로 타고, 이문에 문지기 노릇하던 후영은 신릉군의 상좌에 앉았고, 부춘산에 밭 갈던 엄자릉은 한광무와 한베개에 같이 누웠으니, 귀천도 관계없고 존비가 아랑곳인가? 우리 이제 한가지로 들어가면 일생 영욕과 백년고락을 한가지로 지낼 것이니 무슨 미안함이 있으리오?"

토끼 기뻐하며 말했다.

"형의 말대로 될 양이면 높은 은덕이 백골난망이겠소. 이 세상 천하에 못 당할 노릇이 있으니 저 몹쓸 사람들이 일자총을 들러 메고 암상스러이 보챌 제, 송편으로 목을 따고 접시 물에 빠져 죽고 싶은 적이 한두 번이 아니었는데, 나의 큰 아들놈은 나무 베는 아희에게 아무 죄 없이 잡혀가서 구메밥을 얻어먹고 감옥에서 갇혀 있은 지 우금(于今) 칠팔 년이나 되어도 놓일 가망이 없고, 둘째 아들놈은 사냥개한테 물려 가서 까막까치 밥이 된 지 지금 수년이라. 그 일을 생각하면 갈수록 더욱 절치부심하여, 어찌하면 이 원수의 세상을 떠나갈까 하며 주사야탁하옵더니 천만뜻밖에 그대 같은 군자를 만나 어두운 데를 버리고 밝은 곳으로 갈 터이니, 이는 하늘의 도우심이라. 성인이라야 능히 성인을 안다 하였으니, 나 같은 영웅을 형 같은 영웅 아니면 그 뉘라서 능히 알리오? 하늘에서 내리신 영웅이 형이 아니었다면 헛되이 산중에서 늙을 뻔하였고, 나 아니었다면 수중 백성들이 어진 관원을 만나지 못할 뻔하였도다. 이번 내 길이 내게도 영광이거니와 수중에서 어찌 경사가 아니리오. 옛사람이 이르기를 하늘에서 내 재주를 내매 반드시 싸움이 있다 하더니 내게 당하여 참 빈말이 아니로다."

토끼가 의기양양하여 자라 등에 오르려 할 즈음에, 저 바위 밑에서 너구리 달첨지가 썩 나서서 말했다.

"토끼야, 너 어디 가느냐? 내 아까 수풀 곁에 누워서 너희 둘이 하는 수작을 처음부터 끝까지 대강 들었지만은 위태하도다. 옛말에 위태한 지방에 들어가지 말라 하였고, 분수를 지키면 몸에 욕이 없다 하였으니, 저같이 졸지에 남의 부귀를 탐내고야 나중에 재앙이 어찌 없을쏘냐? 고기 배때기에 장사 지내기가 십중팔구이지."

토끼가 그 말을 듣고 두 귀를 쫑긋하며 시름없이 물러날 제, 자라는 속으로 생각했다.

'원수의 몹쓸 놈이 남의 큰일을 그르치니, 좋은 일에 마가 끼는 격이로군.'

그리고는 짐짓 발을 빼듯이 말했다.

"허허 우습도다. 그대가 잘되면 오히려 내가 술잔이나 얻어먹으려니와 죽을 곳에 들어가는 데야 내게 무슨 좋을 일이 있을쏜가? 달첨지가 토 선생 일에 대해 꽃밭에 불 지르려고 왜 저리 배를 앓노. 실없는 똥 떼어 먹을 놈이 다시 그 일에 대하여 말할쏘냐. 유유상종이라더니, 모인다니 졸장부뿐이라. 부귀가 저희에게 아랑곳 있나?"

자라가 이렇게 비방하고 작별하려 하니, 토 선생이 속으로 생각했다.

'천우신조하여 천재일시로 좋은 기회를 만났으니 때를 잃지 아니하리라.'

그리하여 자라에게 달려들어 두 손을 덥석 쥐며 말했다.

"여보시오, 별주부. 사람들이 별말을 다 해도 일단 내 말이 제일이온대, 형은 어찌하여 이다지 그리 경솔하시오? 죽어도 내가 죽고, 살아도 내가 살 것이니 아무 염려 말고 가십시다."

주부가 반색하며 말했다.

"형의 마음이 굳건하여 변치 않는다면 내 어찌 태를 조금이나 부리리오."

그리고는 토끼를 얼른 등에 업고 물로 살짝 들어가 만경창파를 희롱하며 소상강을 바라보고 동정호로 들어갈 제, 토끼가 흥에 겨워 혼잣말을 했다.

"홍진자맥(紅塵紫陌) 장안 만호에 있는 벗님네야. 사람마다 가사(假使) 백년을 산다 하여도 걱정 근심과 질병 사고를 빼고 보면 태평 안락한 날이 몇 해가 못 되는 것이라. 천백 년을 못 살 인생 아니 놀고 무엇하리. 소상 동정의 무한한 경개를 나와 함께 즐기세."

이렇게 세상을 배반하며 흥에 겨워 가는 형상이 칼첨자에 개구리요, 대부등(大不等)에 뱀이라. 의뭉할 손 별주부요, 미욱할 손 토끼로다.

토끼가 허한 말을 꿀같이 달게 듣고, 서왕 세계 얻자 하고 지옥으로 들어가며, 첩첩청산 버려두고 수중고혼 되러 가니 불쌍하고 가련하다. 붉은 고기 한 덩이로 용왕에게 진상 간다. 일개 자라의 첩첩이구에 그 약은 체하던 경박한 토끼가 속았구나.

자라가 의기양양하여 범이 날개 돋친 듯, 용이 여의주 얻은 듯이 기운이 절로 나서 만경창파를 순식간에 들어가니 내리라 하거늘, 토끼 내려 사면을 살펴본다.

천지가 명랑하고 일월이 조요한데, 진주로 꾸민 집과 자개로 지은 대궐은 반공(半空)에 솟았으며, 수놓은 문지게와 깁으로 바른 창이 영롱 찬란한지라. 마음에 홀로 기뻐 제가 잰 체하더니 이윽고 한편에서 수근쑥덕하며 수상한 기색이 있는지라.

토끼가 혼잣말을 했다.

'무너져도 솟을 구멍 있다 하나, 참 나야말로 속수무책이로구나. 천하에 큰 성인 주문왕은 유리옥을 면하시고, 도덕이 높은 탕임금은 한대옥을 면하시고, 만고성인 공부자도 진채의 액을 면하신지라. 천고영웅 한태조도 영양에 에움을 벗어났으니, 설마하니 이 내 몸을 온통으로 삼킬쏘냐. 아무거나 차차 하는 거동 보아 가며 감언이구와 신출귀몰한 꾀로 임시변통 목숨을 보전하되, 공명이 남병산에 칠성단 모으고 동남풍 빌던 수와 백등 칠일에 진평(陳平)이 화미인하던 꾀를 진심갈력하여 내겠노

라.'

토끼가 사족을 바싹 웅크리고 죽은 듯이 엎드렸더니, 전상에서 분부했다.

"토끼를 잡아들이라."

수족 물고기 일시에 달려들어 토끼를 잡아다가 정전에 꿇리고, 용왕이 하교했다.

"과인이 병이 중한데 백약이 무효하더니, 천우신조하여 도사를 만나매, 네 간을 먹으면 살아나리라 하기에 너를 잡아 왔으니, 너는 죽는 것을 슬퍼하지 말라."

용왕이 군졸에게 명하여 간을 내라 하니, 군졸이 명을 받들고 일시에 칼을 들고 날쌔게 달려들어 배를 단번에 째려 하거늘, 토끼가 기가 막혀 달첨지 말을 돌이켜 생각하나 후회막급이라.

'대저 약명을 일러 주던 도사놈이 무슨 원수인가? 소진의 구변인들 욕심 많은 저 용왕을 무슨 수로 꾀어내며, 관운장의 용맹인들 서리 같은 저 칼날을 무슨 수로 벗어나며, 요행 혹 벗어난다 한들 만경창파 넓은 물에 무슨 수로 도망할까? 가련토다, 이 내 목숨 속절없이 죽는구나. 백계무책 어이하리.'

토끼는 이리저리 생각하다가, 문득 꾀를 떠올렸다. 그리하여 마음을 담대히 하여 고개를 번듯 들어 전상을 바라보며 말했다.

"이왕 죽을 목숨이오니 한 말씀 아뢰옵고 죽겠삽나이다. 토끼

족속이란 것은 본시 곤륜산 정기로 태어나서, 일신을 달빛으로 환생하와 아침 이슬과 저녁 안개를 받아먹고, 기화요초와 좋은 물을 명산으로 다니면서 매양 장복하였음으로 오장육부와 심지어 똥집 오줌통까지라도 다 약이 된다 하나이다. 그리하여 막걸리 오입장이들을 만나면 간 달라고 보채는 그 소리에 대답하기 괴롭사와, 간 붙은 염통 줄기 채 모두 다 떼어 내어 청산유수 맑은 물에 설설 흔들어서, 고봉준령 깊은 곳에 깊이깊이 감추어 두고 무심중 왔나이다. 배 말고 온몸을 모두 다 발기발기 찢는다 할지라도, 간이라 하는 것은 한 점도 얻어 볼 수 없을 터이오니 어찌하면 좋을는지? 저 미련한 별주부가 거기 대해 일언반구도 없었으니 아무리 내가 영웅인들 수부의 일이야 어찌 아오리까? 미리 알려 줬으면 염통 줄기까지 가져다가 대왕께 바쳐 병환을 회춘하시게 하고, 일등공신 되어 부귀공명하였으면 그 아니 좋았겠나이까? 만경창파 멀고 먼 길 두 번 걸음 별주부 네 탓이라. 그러나 병환이 시급하신데 언제 다시 다녀올는지, 알 수 없나이다."

용왕이 듣고 어이없어하며 꾸짖었다.

"발칙 당돌하고 간사한 요놈. 천지 사이 만물 가운데에 제 뱃속에 붙은 간을 무슨 수로 꺼내었다 집어넣었다 하겠는고? 요놈 언감생심코 어느 존전이라고 거짓을 아뢰느냐. 그 죄가 만

번 죽어도 남지 못하리라."

용왕이 바삐 배를 째고 간을 올리라 하거늘, 토끼 또한 어이 없어 간장이 절로 녹으며 정신이 아득해졌다. 가슴이 막히고 진 땀이 바짝바짝 나며 아무리 생각하여도 죽을 밖에 수가 없도다.

'이것이 참 독에 든 쥐요 함정에 든 범이라. 그러나 말이나 단단히 한 번 더 하여 보리라.'

토끼는 다시 한 번 흔연한 모양을 가지고 용왕께 여쭸다.

"옛말에 일렀으되, 지혜로운 자가 천 번 생각하는데 한 번 실 수할 때가 있고, 우매한 자가 천 번 생각하는데 한 번 잘할 때가 있다 하였는지라. 이러므로 미친 사람의 말도 성인이 가리어 들 으시고 어린아이 말도 귀담아 들으라 하오니, 대왕의 지극히 밝 으신 지감(知鑑)으로 세세히 통촉하여 보시옵소서. 만일 소신의 배를 갈랐다가 간이 있으면 다행이거니와 정말 간이 없고 보면 물을 데 없이 누구를 대하여 간을 달라 하오리까? 후회막급되 실 터이오니, 지부왕의 아들이요 황건역사의 동생인들 한 번 가 면 다시 돌아오지 못할 황천길을 무슨 수로 면하오며, 또한 소 신의 몸에 분명하온 표가 하나 있사오니 바라건대 밝히 살피사 의심을 푸시옵소서."

용왕이 듣고 말했다.

"이 요망한 놈, 네 무슨 표가 있단 말인가?"

토끼 아뢰었다.

"세상 만물의 생긴 것이 거의 다 같사오나 오직 소신은 밑구멍 셋이오니 어찌 유(類)와 다른 표가 아니오리까?"

왕이 그 말을 듣고 말했다.

"네 말이 더욱 간사하도다. 어찌 밑구멍이 셋이 된단 말인가?"

토끼가 말했다.

"그러하시면 소신의 밑구멍의 내력을 들어 보시옵소서. 하늘이 자시에 열려서 하늘 되고, 땅이 축시에 열려 땅이 되고, 사람이 인시에 나서 사람 되고, 토끼가 묘시에 나서 토끼 되었으니, 그 근본을 미루어 보면 생풀을 밟지 않는 저 기린도 소자출(所自出)이 내 몸이오, 주려도 곡식을 찍어 먹지 아니하는 봉황도 소종래(所從來)가 내 몸이라. 천지간 만물 중에 오직 토처사가 본방(本邦)이라. 이러므로 옥황상제께옵서 순순히 명하옵시되 토처사는 나는 새 중에 조종(祖宗)이요, 기는 짐승 중에 본방이라. 만물 중에 제일 자별(自別)하니 신체 만들기를 별도로 하여 표를 주자하시고, 일월성신 세 가지 빛을 응하며, 정직강유(正直剛柔) 세 가지 덕을 겸하여 세 구멍을 점지하셨사오니, 보시면 자연 통촉하시리이다."

용왕이 나졸을 명하여 적간(摘奸)하라 하니, 과연 세 구멍 분명한지라. 왕이 의혹하여 주저하자, 토끼가 여쭀다.

"대왕이 어찌 이다지 의심하시나이까? 소신 같은 목숨은 하루 천만 명이 죽사와도 관계가 없삽거니와, 대왕은 만승(萬乘)의 귀하신 옥체로 동방의 성군이시라 경중(輕重)이 판이하오니, 만일 불행하시면 천리강토와 구중궁궐을 뉘에게 전하시며, 종묘사직과 억조창생을 뉘에게 전하시렵니까? 소신의 간을 아무쪼록 가져다 쓰시면 환후(患候)가 즉시 평복(平復)되실 것이오, 평복되시면 대왕은 무려히 만세나 향수하실 것이니, 어언간 소신은 일등공신이 아니 되옵나이까? 이러한 좋은 일에 어찌 일호나 기망하여 아뢰올 가망이 있겠나이까?"

토끼가 첩첩이구로 발림하며 용왕을 푹신 삶아 내는데, 언사가 또한 절절이 온당한지라. 고지식한 용왕은 폭 곧이듣고 속으로 생각하며 헤아렸다.

'만일 토끼 말이 사실이라면, 저 죽은 후에 누구에게 물을쏜가? 차라리 잘 달래어 간을 얻음만 같지 못하다.'

용왕은 토끼를 궁중으로 불러올려 상좌에 앉히고 공경하며 말했다.

"과인의 망녕됨을 허물치 말라."

토끼가 무릎을 싹 쓰러뜨리고 단정히 앉아 공손히 대답했다.

"그는 다 예사올시다. 불우의 환과 낙미의 액을 성현도 면치 못하거든 하물며 소신 같은 것이야 일러 무엇하오리까? 그러하오나, 별주부의 자세치 못하고 충성치 못함이 가엾나이다."

문득 한 신하가 출반주하여 말했다.

"옛글에 이르되, 하늘이 주시는 것을 받지 아니하면 도리어 그 앙화(殃禍)를 받는다 하오니, 토끼 본시 간사한 짐승이라. 흐지부지 하다가는 잃어버릴 염려가 있을 듯하오니, 원컨대 대왕은 잃어버리지 마옵시고 어서 급히 잡아 간을 내어 지극히 귀중하신 옥체를 보중케 하옵소서."

이는 수천 년 묵은 거북이니 별호는 귀위 선생이라.

왕이 크게 노하여 꾸짖었다.

"토 처사는 충효가 겸전한 자이니, 어찌 허언이 있으리오. 너는 다시 잔말 말고 물러나 있거라."

귀위 선생이 무료히 물러 나와 탄식을 마지않았다.

왕이 크게 잔치를 배설하여 토 처사를 대접할 새, 오음육율(五音六律)을 갖추고 배반이 낭자하매, 서왕모는 술잔을 차지하고 연비는 옥소반을 받들어 드릴 적에, 천일주와 포도주에 신선 먹는 교리화조(交梨火棗)로 안주하고, 백낙천의 장진주사로 노래하며, 무궁무진 권할 적에 한 잔 또 한 잔이라. 병 속 건곤(乾坤)에 취하여 세상의 갑자를 잃어버리는도다.

토끼는 속으로 생각했다.

'만일 내 간을 내주고도 죽지만 아니할 양이면 내주고 수부에서 이런 호강 아니할꼬.'

날이 저물어 잔치를 파하니, 용왕이 토 처사에게 말했다.

"토 공이 과인의 병만 낫게 하시면 천금상에 만호후를 봉하고 부귀를 한가지로 누릴 것이니, 수고를 생각지 말고 속히 가서 간을 가져와라."

토끼가 못 먹는 술을 마시고 취한 중에 혼잣말을 했다.

'한 번 속기도 원통하거든 두 번조차 속을까?'

토끼가 대답했다.

"대왕은 염려 마옵소서. 대왕의 거룩하신 은혜를 만 분의 일이라도 갚고자 하오니, 급히 별주부를 같이 보내어 소신의 간을 가져오게 하옵소서."

이때에 날이 서산에 떨어지고 달이 동정에 나오는지라. 시신을 명하여 토 처사를 사관으로 보내매, 토끼 사관으로 돌아와 본즉 백옥 섬돌이며 황금 기와요, 호박 주추며 산호 기둥에 수정발을 높이 걸고, 대모 병풍 둘러치고 야광주로 촛불 삼고, 원앙 금침 잣베개와 요강 타구 재떨이를 발치발치 던져 두고, 오동복판 거문고를 새 줄 얹어 세워 놓고, 부용 같은 용녀들은 맑은 노래와 맵시 있는 춤으로 쌍쌍이 희롱하니, 옛날에 주 무왕이 그림 속에 서왕모와 희롱하는 듯, 옥소반에 안주 담고 금잔

에 술을 부어 권주가로 권권(拳拳)하니, 토 처사 산간에서 이러한 승경을 어찌 보았으리오.

밤에 즐겁게 놀고, 이튿날 왕께 하직하고 별주부의 등에 올라 만경창파 큰 바다를 순식간에 건너와서 육지에 내리니, 토끼가 자라에게 말했다.

"내 한 번 속은 것도 생각하면 진저리가 나거든 하물며 두 번까지 속을쏘냐. 내 너를 다리뼈를 추려 보낼 것이로되 십분 용서하노니, 너의 용왕에게 내 말을 전해라. 세상 만물이 어찌 간을 임의로 꺼내었다 넣었다 하리오. 신출귀몰한 꾀에 너의 미련한 용왕이 잘 속았다 하여라."

자라가 하릴없어 뒤통수 툭툭 치고 무료히 회정(回程)하여 들어가니, 용왕의 병세와 별주부의 소식을 다시 전하여 알 길이 없더라. 토끼는 별주부를 보내고 희희낙락하며 평원 광야 너른 들에 이리 뛰며 흥에 겨워 말했다.

'어화 인제 살았구나. 수궁에 들어가서 배 째일 뻔하였더니, 요 내 한 꾀로 살아와서 예전 보던 만산풍경 다시 볼 줄 그 뉘 알며, 옛적 먹던 산 실과며 나무 열매 다시 먹을 줄 뉘 알았더냐.'

한참 이리 노닐 적에, 난데없는 독수리가 달려들어 사족을 훔쳐 들고 반공에 높이 나니, 토끼의 위급이 경각에 달했다.

토끼는 속으로 생각했다.

'간을 달라 하던 용왕은 좋은 말로 달랬거니와, 미련하고 배고픈 이 독수리야 무슨 수로 달래리오.'

토끼가 창황망조(蒼黃罔措)하는 중 문득 꾀를 내어서 말했다.

"여보 수리 아주머니! 내 말을 잠깐 들어 보오. 아주머니 올 줄 알고 몇몇 달 경영하여 모은 양식 쓸데없어 한이러니, 오늘 이렇게 늦게나마 만났으니 어서 바삐 가사이다."

수리가 말했다.

"무슨 음식 있노라 감언이설로 날 속이려 하느냐? 나는 수궁 용왕이 아니거든 내 어찌 너한테 속을쏜가?"

토끼가 다시 말했다.

"여보 수리 아주머니, 토진(吐盡)하는 정담을 들어 보시오. 사돈도 이리할 사돈이 있고 저리할 사돈이 있다 함과 같이 수부의 왕은 아무리 속여도 다시 못 볼 터이거니와, 우리 터에는 종종 서로 만날 터이거늘 어찌 감히 속이리오. 건너말 이동지가 납제(臘祭) 사냥하느라고 나를 심히 놀래기로 그 원수 갚기를 생각하더니, 금년 정이월에 그 집 맏배 병아리 사십 여수를 둘만 남기고 다 잡아 왔으며, 제일 긴한 것은 용궁에 있던 의사 주머니도 내게 있으니, 아주머니는 생전 듣도 보도 못한 물건이오니 가지기만 하면 조화가 무궁하지만, 내게는 다 부당한 물건이요, 아주머니한테는 모두 긴요한 것이라. 나와 같이 어서 갑시다.

173

음식 도적은 매일 잔치를 한대도 다 못 먹을 것이요, 의사 주머니는 가만히 앉았어도 평생을 잘 견디게 해 주니, 이 좋은 보배를 가지고 자손에게까지 전하여 누리면 그 아니 좋을쏜가?"

미련한 수리가 마음이 동해서 말했다.

"아무려나 가 보세."

수리가 토끼 처소로 찾아가니, 토끼가 바위 아래로 들어가며 조금만 놓아 달라 부탁하자 수리가 말했다.

"조금 놓아주다가 아주 들어가면 어찌하게?"

토끼가 말했다.

"그러면 조금만 늦춰 주오."

수리는 속으로 생각했다.

'조금 늦춰 주는 데야 어떠하리.'

하고 한 발로 반만 쥐고 있었더니, 토끼가 점점 들어가다가 톡 채치며 말했다.

"요것이 바로 의사 주머니지롱⋯⋯."

흥부전 / 장끼전 / 토끼전

〈흥부전〉, 〈장끼전〉, 〈토끼전〉은 조선 후기에 기록된 판소리계 소설이다. 〈흥부전〉은 형제간의 우애를 강조하고, 조선 후기 서민들의 생활상을 드러내는 목적으로 창작되었다. 〈장끼전〉은 여권 의식 성장과 가부장적 사회에 대한 비판을 목적으로 창작되었다. 〈토끼전〉은 동물을 의인화하여 설움 받던 백성을 대변할 의도로 창작되었다.

흥부전

◆ 작품 개관

조선 후기에 기록된 판소리계 소설이다. 여러 가지 이본이 있으며, 〈흥보전〉, 〈박흥보전〉, 〈놀부전〉, 〈연(燕)의 각(脚)〉, 〈박흥보가〉, 〈흥보가〉, 〈놀부가〉, 〈박타령〉 등 다른 제목이 존재한다. 형제간의 우애를 강조하고, 조선 후기 서민 사회의 생활상을 보여 주는 작품이다.

◆ 줄거리

성이 박가이고, 이름은 놀부인 형과 흥부인 동생이 살았다. 같은 부모에게서 태어났지만 둘은 성품이 전혀 달랐다. 동생인 흥부는 심성이 곱고 착한 데 비해 형인 놀부는 심술보가 하나 더 달렸는지 성품이 고약했다. 부모가 돌아가시자 놀부는 흥부 가족을 내쫓고 흥부는 재산 한 푼 받지 못하고 힘들게 살아간다.

몇 년 후, 흥부 내외는 아들 스물다섯 명을 낳고 키우다가 더는 살 길이 없어, 흥부가 놀부 집으로 찾아간다. 조금만 도와 달라고 부탁하는 흥부를 놀부는 매질을 하여 쫓아낸다. 흥부는 놀란 아내에게 형의 악행을 숨기느라 오는 길에 도적을 만났다고 둘러댄다. 이에 둘은 놀부의 도움을 기대하지 않고 밤낮으로 남의 일을 돕는다. 상평 하평 김매기, 대장간에 풀무 불기, 오뉴월 밭매기와 구시월 김장하기 등 열심히 일하지만 여전히 흥부네는 먹고살기 힘들다. 흥부와 그의 처는 이에 상심하고 목 놓아 우는데, 길을 지나가던 중이 그 소리를 듣는다. 그 도승은 흥부네의 사연을 듣고 명당터를 알려 준다. 이에 흥부네는 부자 될 집터에 집을 짓는다.

삼월 동풍이 부는 이른 봄, 흥부네 집에 강남에서 온 제비가 날아든다. 제비는 처마 밑에 집을 짓고 새끼를 낳아 기르는데, 하루는 제비 집에 큰 뱀이 다가갔다. 흥부가 그것을 보고 큰 뱀을 쫓아냈는데, 제비 새끼 여섯 마리 중 다섯 마리가 죽고 한 마리만 살아남았다. 살아남은 제비 새끼가 대발 틈에 발이 빠지자, 흥부가 다리를 고쳐 준다. 제비는 무럭무럭 자라 한 해를 보내고 겨울이 되자 강남으로 날아간다.

이듬해 봄에 흥부가 다리를 고쳐 준 제비가 흥부네 집으로 돌아와 '갚을 보(報), 은혜 은(恩), 박 표(瓢)'라는 글씨가 새겨진 박씨를 흥부에게 물어 준다. 흥부 내외는 박씨를 심고 정성껏 기른다. 씨가 싹이 나고 잘 자라서 박이 탐스럽게 열리자, 흥부 내외는 박을 타기 시작한다. 박을 하나둘 열 때마다 그 속에서 금은보화가 넘치도록 나온다. 흥부네는 박에서 나온 재화와 보물들로 남부럽지 않은 부자가 된다.

놀부는 흥부가 부자가 되었다는 소식을 듣고, 흥부를 찾아가서 그 사연을 묻는다. 놀부는 흥부처럼 똑같이 해 보리라 생각하고 봄에 제비가 날아오기를 기다린다. 제비가 놀부집 처마에 집을 짓고 새끼를 낳자, 놀부는 제비 새끼의 다리를 일부러 부러뜨리고는 다시 다리를 동여맨다. 다음 해 봄에 제비가 박씨를 물고 날아오는데, 박씨에는 '갚을 보(報), 원수 구(仇), 바람 풍(風)'이라는 글씨가 새겨져 있다. 박이 자라자 놀부는 박을 타는데 그 속에서 나오는 것들은 놀부의 재산을 탕진하고 빚을 지게 만들었으며, 끝내는 놀부를 완전히 망하게 만든다.

놀부는 울면서 흥부를 찾아간다. 흥부는 놀부를 반갑게 맞아들이고 자신의 재산 절반을 나누어 주어, 형제가 우애하며 잘 산다.

흥부 가난하지만 심성이 착하고 형을 위하는 마음이 있다. 착한 행동으로 마침내 복을 받는다.

놀부 심술과 욕심이 많다. 가난한 동생을 돕기는커녕 동생이 잘 되는 것을 시기한다.

◆ 작가와 작품

형제간 우애 강조

흥부와 놀부는 한 부모 밑에서 태어나 같은 집에서 살았다. 부모님이 돌아가시자 놀부는 자신이 가진 재산을 전혀 나누어 주지 않고 빈손으로 흥부를 내쫓는다. 놀부는 부모의 재산이 모두 장남 몫이라고 생각했기 때문이다.

집을 나온 흥부는 놀부를 원망하지 않고 그저 열심히 살아 보려 노력한다. 흥부 내외는 남의 집 일을 도우며 성실하게 일하지만, 여전히 먹고살기 어렵다. 견디다 못해 흥부가 놀부를 찾아갔을 때, 놀부는 도움을 청하는 흥부를 매질하여 보낸다.

흥부가 제비의 도움으로 잘 살게 되었을 때도 놀부는 흥부를 시기한다. 하지만 흥부는 형에게 여전히 따뜻하게 대한다. 나중에 형이 가산을 탕진하고 망했을 때에도 흥부는 자신의 재산을 나누어 주며 형을 외면하지 않는다.

〈흥부전〉을 선과 악의 이분법으로 생각할 수도 있지만, 형제로 등장하는 두 사람이 어떤 결말을 맺는지도 유념해야 한다. 흥부는 형이 벌을 받았을 때, 자신을 매정하게 대한 형을 사랑으로 감싸 안는다. 그리고 그들은 서로 우애하며 행복하게 살았다고 작품은 끝맺고 있다. 이는 작가가 흥부와 놀부를 등장시켜서, 형제간의 우애를 강조하는 교훈을 작품 속에 담아냈다고 해석할 수 있는 부분이다.

◆ 작품의 구조

권선징악과 인과응보

〈흥부전〉에서 흥부와 놀부의 이야기는 선과 악의 대립 구도가 분명하다. 흥부는 착하고 선량하며 효성이 깊다. 자신에게 매몰차게 대하는 형 놀부에게도 따뜻한 마음을 가지고 있다. 반면 놀부는 흥부와 정반대이다. 욕심과 심술이 많고 동생을 애틋하게 여기는 마음도 전혀 없다. 천성이 선하고 착한 흥부는 부자가 되고, 심성이 고약한 놀부는 재산을 모두 탕진한다.

이렇게 작품에서는 착한 흥부는 복을 받고 악한 놀부는 벌을 받는 구조가 뚜렷하게 제시된다. 우리 고전 소설에서 흔히 볼

수 있는 내용 전개이지만, 이 작품을 통해 우리는 세상을 살아
가는 데 가장 기본적인 교훈을 얻을 수 있다.

◆ **작품의 감상과 수용**

실감나는 인물 묘사와 해학적인 표현

이 작품에서 흥부는 선한 사람을, 놀부는 악한 사람을 대표한다.
작품 초반에 착한 흥부와 심술궂은 놀부에 대한 묘사가 나온다.

놀부에 대해 설명할 때 다른 사람들은 오장육부를 지니는 데
반해, 놀부는 심술보 하나가 왼쪽 갈비 밑에 하나 더 달려 오장
칠부를 가졌다고 말한다. 욕심 많고 심술 많은 놀부를 재미있게
드러낸 표현이다. 이어 놀부가 어떻게 심술을 부리는지 세세하
게 설명한다.

> 본명방에 벌목을 하고, 잠사각에 집짓기며, 오귀방에
> 이사를 권하고, 삼재든 데 혼인하며, 동내 주산 팔아먹
> 고, 남의 선산에 묘지 쓰기, 길 가는 과객 양반 재울 듯이
> 붙들어다 해가 지면 내쫓고, 일 년 품팔이 외상 사경에
> 농사지어 추수하면 옷을 벗겨 내쫓고, 초상난 데서 노래
> 하고……

이 부분을 소리 내어 읽으면 일정한 리듬감을 느낄 수 있는데 바로 판소리계 소설의 특징을 엿볼 수 있는 부분이다. 놀부의 악행을 고발하고 비난하는 어조로 서술하는 게 아니라, 해학적인 표현으로 글의 재미를 높인다.

홍부에 대한 표현도 마찬가지이다.

> 홍부의 마음씨는 저의 형과 아주 달라, 부모에게 효도하고, 어른에게 존경하며, 이웃 간에 화목하고, 친구에게 믿음이 있어, 굶어서 죽을 사람 먹던 밥을 덜어 주고, 얼어서 병든 사람 입었던 옷 벗어 주기, 노인이 짊어진 짐 자청하여 져다 주고, 장마 때 큰 물가에 삯 안 받고 건네 주기, 남의 집에 불이 나면 세간살이 지켜 주고, 길에 보물이 빠졌으면 지켜 섰다 임자 주기…….

착한 홍부의 마음씀씀이가 여실하게 묘사되어 있는 부분을 소리 내어 읽으면 리듬감을 느낄 수 있고, 홍부의 성품에 대해 홍미로운 표현으로 실감을 높이고 있음을 알 수 있다.

〈홍부전〉에는 그 밖에도 박 타는 모습 등 여러 상황을 해학적으로 표현했다. 작품 속에 드러난 여러 표현 방식에 유의하면서 작품을 감상하면 읽는 재미가 더해진다.

조선 후기의 경제적 분화

이 작품은 화폐 경제가 도입되고, 농촌 사회에서 산업 사회로 이행하는 시기의 경제적 분화 과정을 반영한 소설이다. 놀부가 흥부를 집에서 쫓아낼 때 말하는 부분을 살펴보자. 이때 놀부는 부모님이 흥부를 사랑하셔서 흥부에게는 글공부를 시켰고 자신에게는 일만 시켰다고 말한다. 놀부의 말로 미루어 볼 때, 흥부는 글공부만 하여 실제 살아가는 데 필요한 돈 버는 방법을 잘 몰랐다고 볼 수 있다. 이에 반해 놀부는 글은 잘 모르는 대신 돈을 버는 방법은 잘 알고 있었다. 이 차이가 놀부를 부자로 만들고, 흥부를 가난하게 만든 것이다.

놀부와 흥부를 당시 사회 상황을 고려하여 생각해 보자. 당시 사회는 농경 위주의 사회에서 화폐가 유통되고 상권이 발달하는 격변기였다. 이 과정에서 글공부만 하다가 사회 변화에 제대로 대응하지 못해 몰락한 양반이 생겨났고, 돈을 벌어 부자가 된 중인 계층은 새로운 지배층으로 떠올랐다. 이들 사이에는 당연히 갈등이 생길 수밖에 없었고, 계층 간의 불화는 사회적인 문제로 대두되었다.

〈흥부전〉에는 흥부와 놀부를 내세워 이들 계층을 대표하는 각각의 인물로 이야기가 설정되어 있다. 다만 선악 대립적인 측

면에서 놀부를 몰락시켰지만 흥부가 놀부를 따뜻하게 맞아들이는 결말 부분에서 계층 간의 대립을 해소하고 화합하고자 하는 당시 사회 분위기를 파악할 수 있다.

장끼전

◆ **작품 개관**

이 작품은 꿩을 의인화하여 이야기를 전개한 우화 소설이다. 본래는 판소리 열두 마당에 포함된 〈장끼타령〉이었지만, 가사로 정착하여 〈자치가〉가 된 후 소설 〈장끼전〉으로 전해지고 있다.

◆ **줄거리**

동지섣달 눈 덮인 겨울, 장끼와 까투리는 자식들을 데리고 양식이 되는 콩을 주우러 들판으로 나선다. 장끼와 까투리는 들판을 돌아다니다가 붉은 콩 한 알을 발견한다. 장끼는 그것을 보고 탐을 내어 얼른 먹으려 하지만 까투리가 장끼에게 간밤에 꾼 꿈 이야기를 하며, 그 콩은 사람이 꿩을 잡으려고 놓은 것임이 분명하다고 말한다. 장끼는 까투리의 꿈을 자의적으로 해석하며 콩을 먹어도 된다고 합리화하고, 급기야는 까투리를 비난한다.

장끼는 자신의 고집대로 콩을 부리로 쪼아 먹다가 덫에 걸린다. 까투리와 자식들은 덫에 걸려 죽게 된 장끼를 보고 울며 슬퍼하고, 장끼는 까투리에게 부디 수절하여 정렬부인이 되어 달라고 말한다. 덫을 놓은 탁 첨지가 덫에 장끼가 걸린 것을 보고, 죽은 장끼를 자신의 집으로 가져간다.

까투리는 슬퍼하며 제상을 차리고 축문을 읽는다. 축문 읽기가 끝난 뒤 제상 위의 제물을 치우려 할 때, 하늘에서 소리개 한 마리가 내려온다. 굶주렸던 소리개는 새끼 꿩 한 마리를 채어 날아간다. 소리개가 층암절벽에 앉아 이리저리 뒤척이는 사이, 꿩은 바위 아래 절벽으로 떨어져 자취를 감춘다.

이때 갈까마귀는 장끼의 죽음을 애도하고 요기를 청한 뒤, 까투리에게 자신과 결혼하자고 말한다. 이에 까투리는 삼년상도 안 치르고 개가하는 법이 어디 있냐고 쏘아붙인다. 까투리의 말에 외려 화를 내는 갈까마귀에게 부엉이가 조문을 끝내고 와서 책망한다. 갈까마귀와 부엉이가 싸우고 있을 때, 푸른 하늘을 날던 외기러기가 이들을 꾸짖는다. 앞 연못 물오리는 까투리가 상부했다는 소식을 듣고, 통혼도 하지 않을 채 혼인 잔치를 준비한다. 홀아비가 된 지 삼 년이 지난 장끼는 까투리에게 정중히 청혼한다. 까투리는 이에 화답하여 개가한다.

장끼 수꿩으로 풍채가 좋다. 가부장적이며 까투리의 말을 잘 듣지 않는다.

까투리 암꿩으로 아홉 아들과 열둘의 딸을 잘 돌본다. 남편인 장끼를 염려하며 지극한 마음으로 장끼를 설득하고자 한다.

◆ 작가와 작품

까투리의 개가를 통해 바라본 여권 의식 신장

〈장끼전〉은 여러 가지 이본이 존재한다. 〈자치가〉로 불리는 대부분의 가사체 작품에서는 까투리의 개가가 직접적으로 표현되지 않는다. 하지만 이 작품에서는 장끼가 죽은 후, 까투리에게 구혼하는 다른 짐승들이 연달아 등장하며 까투리는 이중 조문 온 다른 장끼와 결혼한다.

작품의 배경이 되는 조선 사회에는 유교가 지배 이념이었으므로 여자의 개가를 반기지 않았다. 남편이 죽어도 다시 결혼하지 않는 여자를 칭송하며 권장했다. 하지만 이는 여성의 행동 범위를 축소시키는 것이었고, 개인이 행복할 권리를 국가나 사회가 제한하는 것이기도 했다. 장끼는 덫에 걸렸을 때 까투리에게 개가하지 말고 정렬부인이 되어 달라고 부탁한다. 장끼의 당부는 당시 사회의 모습을 그대로 반영한 것이다.

하지만 까투리는 장끼의 장례를 치르고는 곧 좋은 배필을 만나 결혼한다. 이 작품이 까투리의 개가를 결말로 끝나는 것은, 작가가 당시 사회 분위기가 불합리하다고 생각하고 이를 개선하려는 의도를 표현한 것이라고 볼 수 있다.

◆ 작품의 구조

전반부 장끼의 죽음과 후반부 까투리의 개가

이 작품은 전반부의 내용과 후반부의 내용이 상이하다. 전반부 내용은 장끼와 까투리가 아들, 딸들을 데리고 먹이를 찾아 나서는 부분부터 시작된다. 그들 가족은 눈 덮인 들판에서 콩 하나를 발견한다. 그 콩을 먹겠다는 장끼와 불길하다며 먹지 말라는 까투리의 대화가 전반부 내용 대부분을 차지한다. 가부장적이며 아내의 말을 무시하는 장끼는 까투리의 염려를 무시하고 콩을 먹었다가 변을 당한다.

후반부 내용은 장끼가 죽고 제상을 차리는 부분부터이다. 장끼의 죽음을 슬퍼하며 조문 온 다른 짐승들은 조문을 마치자마자 까투리에게 청혼한다. 까투리에게 같이 살자고 말하는 것도 제각각이어서, 각 짐승들의 행동과 말을 살펴보는 것도 큰 재미

거리이다. 까투리는 그중 자신과 잘 맞는 상대인 다른 장끼와 결혼하고 이로써 작품은 끝맺는다.

〈장끼전〉은 전반부와 후반부의 내용이 서로 다르지만, 그것에 담긴 주제 의식은 동일하다. 여권 의식 신장과 가부장적 사회에 대한 비판 등이 〈장끼전〉이 나타내고자 한 의미이다.

◆ **작품의 감상과 수용**

장끼와 까투리가 꿈을 둘러싸고 나누는 대화

작품 전반부에는 콩 한 쪽을 먹어야 하는지, 말아야 하는지에 대해 장끼와 까투리가 옥신각신하는 내용이 나온다. 장끼는 그 콩을 발견한 것이 자신의 복이기 때문에 콩을 먹겠다고 우기고, 까투리는 간밤에 꾼 꿈 이야기를 하며 콩을 먹지 말라고 말린다. 이 과정에서 까투리는 장끼를 염려하며 꿈 내용을 말하는데, 장끼는 까투리의 꿈을 자의적으로 해석하여 자신의 주장을 굽히지 않는다. 하나의 꿈을 가지고 해석하는 것이 서로 다른데, 이 점은 〈장끼전〉을 읽는 또 다른 재미이기도 하다. 둘의 대화를 따라가다 보면, 장끼와 까투리의 성격을 알 수 있고 작품 전체의 주제도 파악할 수 있다.

◆ **작품에 반영된 현실**

조선 후기 서민 의식의 변화

〈장끼전〉은 조선 후기에 변화히는 사람들의 의식이 잘 반영된 작품이다. 유교 이념이 철저하던 시대에는 남존여비 사상과 가부장적인 태도가 당연시되었고, 여성들이 개가하는 것은 비난받아 마땅한 일이었다. 하지만 서양 문물이 유입되고 사회가 급변하던 후기에 들어서는 유교 이념이 느슨해지고, 여성에 대해 새로운 인식이 눈을 뜨게 되었다.

이러한 사회 분위기는 〈장끼전〉 속에 그대로 녹아 있다. 전반부에서는 장끼가 까투리의 말을 무시하고 자기 뜻대로 하다가 죽는다. 아내를 존중하지 않고 자기만 옳다는 생각과 태도는 결국 자신을 죽음으로 몰고 간다. 후반부에서는 전남편의 수절하라는 당부에도 불구하고, 여성이 주체적으로 자신의 짝을 고르고 당당하게 개가하는 까투리의 모습이 그려진다.

이렇듯 〈장끼전〉에 나타난 장끼와 까투리의 모습을 통해 조선 후기 사회의 변동과 사람들의 인식 변화를 살펴볼 수 있다.

토끼전

◆ **작품 개관**

동물을 의인화하여 이야기를 전개한 작품이다. 조선 후기의 판소리계 소설로 여러 종류의 이본이 존재한다. 이본에 따라 〈별주부전〉, 〈토생전〉, 〈수궁전〉, 〈토처사전〉 등으로 불린다.

◆ **줄거리**

동해 바다의 용왕이 병이 들어 온갖 약을 써 보아도 효험을 보지 못했다. 용왕과 신하들이 의논 끝에 지혜가 뛰어나다는 세 명의 사람을 불러왔다. 세 사람은 용왕의 병이 나으려면 토끼의 생간을 먹어야 한다고 말한다. 육지에 사는 토끼를 누가 잡아 올지 의견이 분분하다가 별주부라 불리는 자라가 그 임무를 맡는다.

  육지에 다다른 자라는 동물들이 모여 있는 곳에서 그림과 똑닮은 토끼를 발견한다. 자라는 토끼에게 높은 벼슬을 준다고 유혹하면서 용궁으로 가자고 설득한다. 이 말에 토끼는 자라와 함께 수중 세계로 들어간다. 용궁에 도착한 후, 토끼는 용왕의 병을 고치기 위해 자라가 자신을 데려왔음을 알아차린다. 이에 토끼는 용왕의 병을 고치기 위해서는 지상에 두고 온 간을 다시 가져와야 한다고 다른 이들을 설득한다. 이에 용왕은 토끼를 다시 지상으로 돌려보낸다.

육지에 도착한 토끼는 다른 이들의 어리석음을 비웃으며 도망간다. 자라는 토끼의 뒷모습을 멍하니 보다가 다시 수중으로 들어간다. 그 후 용왕과 자라의 소식을 다시는 들을 수 없었다고 한다. 토끼는 살아났다는 흥겨움에 벌판에서 뛰놀다가 독수리에게 사냥당한다. 이때도 토끼는 기지를 발휘해 독수리를 속여 넘겨 무사히 도망친다.

◆ **주요 등장인물**

토끼 꾀가 많고 임기응변에 능하다. 자라의 꼬임에 빠져 죽을 고비에 처하지만 기지를 발휘해 살아난다.

자라 용왕의 병을 고치기 위해 토끼를 속여 용궁으로 데려온다. 충직한 성격을 지녔다.

위기를 극복하는 토끼

〈토끼전〉에서 토끼는 두 번 위기를 극복한다. 한 번은 수궁에서 살아나고 한 번은 독수리의 먹이가 될 뻔하다가 도망친다. 토끼는 두 번의 위기 상황에서 기지를 발휘한다. 토끼가 죽지 않고 살아나 자신보다 강한 자들(용왕과 자라, 독수리 등)을 비웃으며 도망치는 것은 작가의 소망이 반영된 결과이다. 토끼는 힘이 없는 짐승이다. 약한 짐승이 자신보다 강한 자들을 비웃는다는 것에서, 우리는 당시 사회에서 힘없고 설움 받던 백성들의 바람을 엿볼 수 있다.

◆ 작품의 구조

수궁과 육지, 위기와 극복

용왕의 병은 육지에 사는 토끼의 생간을 먹어야만 낫는다고 한다. 토끼의 간을 구하기 위해 충직한 신하인 자라는 수궁에서 육지로 향한다. 자라는 육지에서 토끼를 만나 벼슬을 주겠다고 유혹한 뒤 수궁으로 돌아온다. 수궁에서 토끼는 기지를 발휘하여 육지로 되돌아온다. 이렇듯 작품 속에서는 수궁과 육지의 장소 이동이 반복되어 나타난다.

토끼는 자라의 꼬임에 빠져 수궁으로 갔다가 죽을 고비에 처한다. 토끼는 위기 상황에서 꾀를 내어 간신히 살아 돌아온다. 육지에 도착해서도 독수리의 먹이로 잡아먹힐 위기에 처했다가 도망치는 과정을 겪는다.

작품 속에서는 수궁과 육지, 위기와 그 극복 과정이 반복되어 나타나면서 재미를 더한다.

◆ **작품의 감상과 수용**

주제의 다면성

이 작품은 결말 부분이 어떻게 끝나느냐, 혹은 어떤 인물에 초점을 두느냐에 따라 여러 가지 주제로 해석된다.

토끼에 초점을 두면, 용왕의 병을 고치기 위해 자신의 목숨을 내놓아야 하는 상황이다. 생명에 경중이 없다고 했을 때, 토끼는 몹시도 억울한 입장이다. 토끼를 백성, 용왕을 지배층이라고 대입시켜 보면, 지배층의 횡포에 살기 어려운 백성의 고충을 토끼가 대변한다고 볼 수 있다.

자라에 초점을 두면 주제는 달라진다. 자라는 용왕의 병을 고치기 위해 육지로 간다. 한 번도 본 적이 없는 토끼를 찾아서 무슨 수를 써서든 수궁으로 데려가야 한다. 그래야만 용왕의 병을 고칠 수 있다. 자라는 자신이 맡은 바 임무를 완수한다. 나중에 다시 육지로 토끼를 돌려보내고 망연자실해하지만, 자라가 잘못한 것은 없다. 자라는 충성스러운 신하이다. 임금을 위하는 마음이 가득한 자라는 시대가 원하는 충신의 모습이다.

◆ 작품에 반영된 현실
백성을 억압하는 지배층의 횡포

이 작품은 동물을 의인화하여 이야기를 전개한 우화 소설이다. 작품에 등장하는 것은 동물이지만 이들은 모두 실제 세계의 인간 군상들을 대표한다. 용왕은 임금 혹은 지배층의 우두머리이고, 자라나 문어 등은 그를 둘러싼 신하 혹은 관리이다. 반면에 토끼는 일반 백성이다. 〈토끼전〉에서 토끼는 용왕의 병을 고친다는 이유로 죽을 위기에 처한다. 하지만 용왕이 살기 위해서 토끼를 죽이는 것에 대해 아무도 이의를 제기하지 않는다. 그저 토끼만이 살기 위해 꾀를 내고 위기 상황에서 탈출하기 위해 애쓰고 있다. 이것은 현실에서도 마찬가지였을 것이다. 지배층의 이익을 위해서라면 백성들의 삶과 생활은 무시당하고 짓밟히는 일이 많았다. 〈토끼전〉에서는 이러한 사회 모습을 동물들을 등장시켜 드러낸다.